U0051475

陸天遙事件簿

1 消失的那一天

尾巴——著
ALOKI——繪

人物介紹

徐懿（64）

臉上總有鬍碴，菸不離手，看起來十分憔悴。
分不清他說的話是真是假或是幻想，
所有言語矛盾不已卻又像是能說服別人。
失業，靠妻子的保險金過活，與三個孩子分居。

徐禮（32）

徐家大兒子，認為父親殺了母親，
也痛恨自己當年身為長子，
卻沒發現母親的求救訊號，
因此很早就離開家裡。

徐欣（28）

徐家二女兒，從小便可以看見許多詭異的事物，
一直活在戰戰兢兢的生活之中，
總是擔心受怕，十分神經質。

徐容（25）

徐家小女兒，事發當時最接近現場，
但因年紀幼小所以記憶並不清楚，
卻一直活在不安之中。

李欣容（32）

徐懿的老婆，死於三十二歲。
對於她的死雖有很多疑慮，
但法律上判定為強盜殺人。

陸天遙（看起來是20歲）

黑衣黑褲黑風衣的年輕男子，
身旁伴隨著一隻黑貓。
身處於一間偌大的圖書館正中央，
用毛筆將來者的故事記錄在本子中，
再將其歸位。

？（看起來是20歲）

白衣白褲白風衣的年輕男子，
身旁伴隨著一隻白貓。
在圖書館另一扇門之後，
門後似乎也是另一間圖書館。

目次

第一章

徐欣

徐欣的記憶出現了短暫的空白，例如，她不清楚為什麼自己會來到這奇怪的地方。

她用力敲了敲額頭，昨夜的宿醉似乎尚未消退，記憶也像團漿糊一般，令她腦袋沉甸甸並且頭痛欲裂。

但仔細一瞧，自己穿著正式，腳踩黑色跟鞋，以及貼身的黑色A字裙，配上新漿棉質襯衫，而長髮整齊地梳在後腦束成俐落的馬尾。

啊……是了，昨天是公司的創立紀念會，自己一手經營起的網拍事業這兩年終於轉虧為盈，今年甚至接下了東南亞的長期合約，讓昨晚的紀念會更增添了歡樂的氣氛，一同打拚許久的同事們甚至掉下了眼淚。

公司雖然規模不大，但總歸是自己歷經一切的心血，更是改變她人生的契機，為此她十分珍惜，也因此得到成就時才會更加高興，導致在紀念會上喝了超過負荷的酒。

想到這，徐欣不禁一笑，五年前她的酒量可遠遠不只如此。

一陣冷風吹過，讓徐欣打了個哆嗦，但也讓她頭痛的感覺和緩許多，頓時清醒不少，她終於能環顧四周。

自己身處於一個從未見過的地段，周遭全是一看便知價值不菲的高級大廈，但即便高樓林立，卻人煙罕至。

每戶住家都點著燈，甚至可以從窗戶看見裡頭虛晃而過的人影，但徐欣卻聽不見任何聲響，乾淨平整的柏油路上無車無人，連紅綠燈都沒有運作，她邁出腳步，只有自己的跟鞋聲響迴盪在大樓之間，顯得格外清晰。

「有人嗎？」一開始，她只是輕聲呼喚，但到了後來已成為高聲吶喊，但無論她往哪條路走，朝哪個方向嘶吼，皆無人，亦無聲。

她可以瞧見隨著她的聲響，某些建物中的影子會站在窗邊好奇地看，但即便他們貼在窗前，徐欣也看不清他們的容貌，這讓徐欣不太想靠近，更別說進去那些建築物了。

轟隆隆——

忽然一陣像是地鳴般的巨響，從另一個方向出現，徐欣嚇了一跳，但沒猶豫太久，便朝聲音的方向跑去。

即便周遭的大樓大同小異，但徐欣對於自己的方向感還是有一定程度的自信，她很確定這地方方才走過，並沒有這棟三層樓的建築物。

暗紅色的面磚建造的西式建築，正中央的圓頂格外醒目，入口處是朝外對開的黑色大門，一旁的紅磚有著許多浮雕，分別是十二生肖，個個栩栩如生。

從白色格窗中發出的黃色燈光，一抹白色的身影從窗邊掠過，徐欣瞪大眼睛，立刻朝這平空出現的建築物跑去。

當她來到黑色巨門前時，那門卻自動朝內開啟，她以為有人在裡頭幫忙開門，但進去後卻空無一人。

她還來不及思考緣由，便對眼前的景象感到目瞪口呆。

這棟帶有西洋風格卻又不失東方色彩的建築物，裡面居然是直通天頂的偌大書櫃，環繞著周邊的牆，滿滿全是不同語言的書籍，這裡是圖書館。

「哇……」徐欣忍不出發出讚嘆，站在原地抬頭轉了一圈，每層深褐色書櫃塞滿了書籍，分門別類並且依照書籍大小，井然有序的放在書架之上。

「妳怎麼會來到這裡？」一道聲音從前方出現，徐欣嚇了一跳，順著聲源看去，一位穿著黑衣黑褲的纖細少年，手中捧著一本偌大的暗紅色精裝書，從另一扇門走出來，他看起來有些訝異。

「我、我不知道，這是哪裡？」來到這裡這麼久，終於看見除了自己以外的活人，這讓徐欣十分欣喜，像是抓到了浮木般趕緊朝那少年走去。

少年看似十六，絕不超過二十，皮膚淨白，雙眼深邃，貼身的黑色衣裳襯托他穠纖合度的高眺身形。

此刻他眉宇帶點不解，拿著那本百科全書走到一張胡桃木的大書桌，那放有文房四寶，桌面上還有放滿各種大小的毛筆架。

少年坐到了書桌後的木椅，徐欣跟著跑向前，少年卻示意她坐在桌前的另一張檜木椅上，但徐欣愣了下，她坐不慣木製家具，但才這麼一想，她眼前卻換成了暗紅色的皮質沙發。

她揉揉眼睛，方才的方形木椅彷彿是錯覺一樣，消失無蹤。

「妳怎麼會來到這裡？」少年又問了一次。

「我、我說了我不知道，忽然就在這了，我明明昨天才參加過公司開創紀念會……這是哪裡？為什麼外頭都是黑的，建築物裡面好像都有黑影，但是都亂詭異的，而且沒有聲音、也沒看見其他人，你是我來這看見的第一個正常人！」徐欣亂糟糟地簡單敘述了剛才看見的一切。

但眼前少年卻了然於胸地一笑，「所以妳是忽然聽見怪聲，循聲過來才發現這囉？」

「是，這是哪？」徐欣又問了一次。

「這是圖書館。」少年兩手一攤，雙眼朝左右看了看，又轉回徐欣身上，彷彿這是多麼明顯的答案。

「我知道……但為什麼……」

「妳叫什麼名字呢？」少年起身，沒來由地問。

「欸?徐欣……雙人徐，欣賞的欣。」

「徐欣呀！」少年忽然綻開笑容，像是久違的老熟人一樣，「原來如此，是呀，所以妳才會來到這。」

「欸？」徐欣不明白。

少年走向另一邊的書櫃，手指在一排書籍上滑過，最後抽出了一本十分輕薄的黑色書籍，說是書籍，不如說是簿子。

他走回來，將簿子放在桌面上，黑色的皺面紙張，連封底都如此隨便，彷彿是書局隨意買的紙張，疊起來在左側釘上釘書針而已，如此簡便的裝訂，像是孩子的勞作般。

「這是怎麼回事？」徐欣問，因為她瞧見了簿子上頭寫著自己的名字。

「就像記錄簿一樣，既然指引妳來到這，那就有其緣由了。」眼前的少年愉快的打開了本子，並伸手拿起毛筆架上的毛筆，沾了沾硯台裡的墨汁，在白色的紙張上寫下六個字。

記錄者：陸天遙。

「這是我的名字，那請開始吧。」

「開始？開始什麼？」

「啊，差點忘了呀。」陸天遙將身子往後，看著桌邊下方，彷彿在摸索什麼般，等他手伸出來的時候，多了一支孩子吃的棒棒糖。

但是徐欣看到那隻棒棒糖卻愣了，她接過陸天遙給的騙孩子糖果，卻不禁陷入回憶之中。

「小時候，我媽常給我這糖果。」她撕掉了包覆在外的包裝紙，裡面的糖果色彩繽紛。

「嗯嗯。」陸天遙揮筆，在紙上右上角寫上了——徐欣。

她將糖果含入口中，酸澀與甜膩衝入舌尖，如此衝擊又矛盾的味覺，竟不知覺讓她濕了眼眶。

「嗚……」她趕緊低頭，不讓眼前少年看見自己掉下的眼淚。

「妳可以在那坐著，歇息一下。」陸天遙再次比了那深紅色的沙發，這一次徐欣含著糖果，沒有猶豫地坐上了那沙發，比外型看起來更佳舒適，讓她整個人陷入其中，像是被人懷抱一樣，充滿了安全感。

說也奇怪，她的手邊何時多出了一張圓桌，上頭甚至放著紅茶壺與巧克力餅乾，而頭上的圓頂為八角狀穹頂，並用黃色為背景底色，一旁的白窗彷彿有陽光照射進來，使她覺得好舒服。

於是，讓她不自覺地默默開口……

「我的媽媽，是被鬼殺死的，你相信嗎？」

她不知道自己為什麼會先說出這句話，也許是陸天遙營造的環境太過舒適，讓她講出對自己最深的恐懼。

也許除了這句，她還會接著說：「我看得見鬼，你相信嗎？」

自從離開那個家以後，她再也沒向其他人說出這些往事，也許是怕他人不信，也許是怕他人排斥自己，但也許她更怕的，是厄運再次降臨，讓其他人離開自己。

她不知道從何時開始，自己對於周遭的事物只剩下怒火，也許是多年來許多事情都不明不白，又或者是她對記憶有所空白的關係。

她有時候會懷疑，那些到底是真實的，還是她幻想出來的？

所以她曾走上了偏離常軌的道路，也曾以為自己的人生就此完蛋了，但當時深陷泥沼的自己，對於人生早已沒有其他奢望，更不可能知道自己有一天能回到常人生活，更甚至擁有了自己的公司。

她原本想著，等公司穩定些了後，要將這個喜訊告知他們，她記得紀念會後，她藉著酒意，的確打了電話給她，但……

但發生了什麼事情呢？她應該有接起電話，但她說了什麼？

還是她沒接電話？

她是打給了誰？打給她還是打給他？

忽然，徐欣覺得自己腦子一片混亂。

「也許妳可以嘗試著，從最一開始說。」陸天遙忽然插話，將她的意識拉回來。

「啊……」她差點忘記，自己身在圖書館之中。

「還可以喝一杯茶。」陸天遙笑著，歪頭比了一旁的小圓几，一壺熱騰騰的紅茶不知由誰倒入了一旁的杯中，冒著蒸汽，她伸手拿起，溫暖了口舌，也沁入她的心窩。

「然後，我們從小開始吧，從妳有記憶時開始。」陸天遙的聲音如此悠遠輕柔，像是有看不見的線一般，指引著她。

她的雙眼慢慢閉上，只剩下毛筆滑過紙張的順柔聲響。

徐欣，她有兩個手足。

哥哥徐禮，妹妹徐容，三個人的名字皆來自媽媽的名字拆解而組，媽媽是李欣容。從媽媽身體內孕育而生的他們，各別擁有著媽媽的一個字，以及爸爸的姓氏，表示三個孩子都來自父母的愛。

有人說手足憑運氣，好的手足，就是彼此的支柱與父母給的最好禮物，但不好的手足，會將妳帶往人間煉獄。

徐欣自認自己運氣很好，她與妹妹以及哥哥從小便相處融洽，當別人家的孩子還在抱怨父母偏心，他們已經懂得分享。

不過比起徐禮，徐欣和徐容更加親密，或許是因為兩人相差不到三歲，又或許是兩人都是女生的關係，從小她們便有徐禮進不了的小圈圈，甚至兩人雖各有房間，但卻時常跑到彼此房間串門子甚至入睡。

徐欣對兒時的記憶大多都是美好卻又模糊的，她記得和徐禮、徐容在家中奔跑玩樂的畫面，也記得與父母出遊的畫面，又或是一家人窩在客廳看卡通吃爆米花的畫面。

但是真正深刻，宛如電影般清晰放映的記憶，大概是那一隻黑貓開始。

「喵～」

徐欣停下腳步，左右張望，在下雨的放學回家路上，撐著紅色雨傘的她，聽見了小貓的叫聲。

她以為是自己被大雨落在地板的聲響所搞混產生的錯聽，但她還是稍微看了看路旁的草叢。

「徐欣，妳怎麼了？」那是小二時期，總是與她一同放學的女孩方儀，她撐著藍色雨傘站在前方，嘴裡還吃著雞蛋糕。

「妳有聽到貓叫聲嗎？」

「貓叫？」方儀歪頭，安靜幾秒專心聆聽，「沒有呀，只有雨聲。」

「是嗎？」也許真的是自己聽錯了吧，徐欣邁開腳步，黃色的雨鞋踩過水窪，濺起了水花。

「喵～」

這一次，兩個女孩都停下了腳步對看，她們都聽到了。

接著她們分別往兩旁樹叢找，徐欣甚至彎腰用手撥弄草叢，最後在垃圾堆疊處發現了一個濕透的紙箱，裡頭堆疊了五隻小貓，有些一動也不動，但還是有幾隻浸在因下雨而積起的水中奮力掙扎，正咪咪叫著。

「快點！」兩個小女孩立刻將還有氣息的貓從箱子中抱出來，抱在懷中，企圖要增加點溫暖給牠，當時還小的兩人不知道要先將貓帶去動物醫院，直覺地先跑回離最近的徐欣家。

「媽媽！媽媽！」徐欣在家門外喊著，她感受到手中小貓的體溫越來越低，但也可能是雨水與緊張使她自身體溫下降，徐欣分不清楚。

聽見女兒匆忙的叫喊聲，李欣容趕緊開了玄關的門，只見徐欣臉色蒼白，身上還被淋濕了，連同後面的方儀也一樣。

「怎麼了？妳的雨傘呢？發生什麼事情了嗎？」李欣容趕緊彎腰，手放在徐欣的肩膀上，並且仔細檢查她的身體。

「小貓牠……」徐欣攤開掌心，手裡的兩隻小貓奄奄一息，而方儀的手中抱著三隻小貓。

李欣容明白了孩子在為貓擔心，趕緊讓她們進屋，準備好了毛巾與暖爐，讓小貓保暖，也囑咐兩個孩子快去洗澡。

當徐欣感受著溫熱的水花爬過自己身上肌膚，那舒適地溫度彷彿也減緩了她的擔憂，她想起方才一路奔往家方向的時候，小貓在自己手掌心的觸感，濕潤、柔軟，似乎一個不小心，就會將牠們捏碎一般。

當她擦著頭走出浴室，方儀已經在媽媽的照料下吹乾了頭髮，並穿著徐欣的便服坐在小貓邊，喝著熱牛奶。

徐欣聽見後陽台傳來烘乾機的運轉聲，李欣容也泡了杯熱牛奶來到徐欣邊，「寶貝，暖暖身子。」

熱牛奶發出的霧氣凝結在李欣容的眼鏡上，她勾起美麗的微笑，徐欣接過了溫熱的牛奶，喝起來十分順口。

但她同時發現，原本有五隻小貓，但現在一團毛巾之中，只剩下兩隻在取暖。

「媽媽……？」

而李欣容撫摸著她的頭，她瞧見了一旁放著一個紙箱，三隻小貓正安詳地睡在裡頭。

當時她對生死似懂非懂，只在李欣容的指導之下，與方儀用色紙做了許多小花，放在紙箱裡頭的小貓邊，幫牠們裝飾一番，之後說了些「不痛了」、「當天使了」之類的話語。

「我要將蓋子蓋上了。」李欣容對兩個小女孩說著，對小二的孩子來說，她明白也許太早，但這社會可不會因孩子年紀小就給她們寬容的世界，既然遇上了，便機會教育了起來。

畢竟生死，是人生遲早得面對的課題。

於是她教兩個懵懂的女孩，說著三隻小貓先行去了彩虹橋的那一端，牠們在短短的生命之中，會感謝曾經有兩雙小手，在雨天中奔跑，只為了給牠們一絲溫暖。

「我可以摸摸牠們嗎？」徐欣提出這個要求，李欣容雖猶豫一下，但還是點點頭。

所以徐欣將手伸到了箱子之中，碰觸了其中一隻閉眼小貓的頭頂，但卻不如她記憶中那般軟嫩，而是稍微冰冷又僵硬的。

這瞬間她彷彿觸電一般，趕緊伸回了手，一旁的方儀看見她這樣的反應，便不敢碰了。

還是太早了嗎？李欣容如此想著，但見徐欣並沒有哭也沒有被嚇到的感覺，於是她摸了摸徐欣的頭，將紙箱的蓋子闔上。

而徐欣搓著她的小手，轉身摸了在暖爐邊熟睡的小貓，牠們溫暖、柔軟，和在紙箱裡面的不一樣。

活下來的小貓一黑一白，方儀家中沒辦法養，所以都留在了徐家。

小六的徐禮對於家中多了兩隻貓沒太大的感覺，只抱怨過在半夜去廚房時，時常會被黑暗中發亮的雙眼嚇到。

而徐容當時才幼稚園，似乎還分不清楚貓與玩偶的差別，時常喊著小白與小黑的名字，抱著牠們到床上睡，還想餵牠們吃一些人類的食物，李欣容總是會阻止，但徐懿總笑著說孩子的純真得來不易。

過了童年，那份純真便會消失。

徐懿當時事業蒸蒸日上，一間小成衣工廠的老闆，雖規模不大，但也足夠生活優渥，他與李欣容相戀多年後完婚，接連生了三個孩子，一家五口好不甜蜜。

那大概是，徐家最快樂、最幸福的時光了。

一切，都在撿到兩隻貓後起了巨大變化。

徐欣記得很清楚，那是在準備放寒假前的一個禮拜，她問了方儀要不要來她家看小貓，方儀同意了，放學後便隨著她來到家中。

「方儀呀，歡迎妳過來，阿姨正好要出去買點東西，要不要和阿姨一起出門呢？」李欣容問著，但是外頭下起了雨，她們想了想便拒絕了。

雖然留著兩個小學二年級的孩子在家有些不妥，但外頭雨越下越大，想想自己很快就會回來了，便讓兩個孩子留著。

「記得不能隨便開門，也不能打開瓦斯爐，不能開熱水，不能玩刀子，不能……」

「我知道的，媽媽，除了玩貓，什麼都不能。」從小到大的叮嚀，徐欣早就會背了。

李欣容放心一笑，撐起傘離開了家門。

「貓呢？」方儀問，而徐欣環顧客廳。

瞧見了白貓睡在櫃子上方，她喊了聲：「小白～」

白貓動了動耳朵，打了哈欠。

「好可愛呀！」方儀喊著，來到櫃子下方朝上伸手，以為這樣白貓就會下來，但白貓並不理會，轉了轉尾巴後繼續睡。

「小黑呢……」徐欣左右張望，小黑總是喜歡利用毛色做一些保護色的惡作劇，例如會躲在陰暗的角落，或是黑色的毛毯上。

所以徐欣很有經驗地彎腰找尋沙發底下，果不其然瞧見了在漆黑中發亮的雙眸，她先是喚了幾聲黑貓名字，但黑貓只是喵喵叫。

「徐欣，妳在找什麼？」方儀已經抱著白貓，來到沙發邊。

「要讓妳看小黑呀。」徐欣說著，整個人趴在地上，伸手想將黑貓拖出來。

她像是摸到了一團濕黏的毛髮，她一愣，那團東西便往後縮，「小黑？」

於是她更心急了，小黑怎麼把自己弄得濕答答的？她伸手要拉，終於抓到了小黑的手，一口氣將牠拉出來。

「哇！」方儀驚呼，「這就是小黑？」

小黑漂亮又有光澤的毛並沒有濕，徐欣將小黑抱在懷中，「對呀，牠就喜歡躲起來。」

「哈哈。」方儀笑著。

「妳要抱小黑嗎？」

「不，我抱小白就好。」方儀將臉埋在小白的身上，小白喵喵叫著，似乎不是很舒服。

但是方儀還是拉起了小白的手，用牠的肉球緊貼在自己的臉頰邊，不斷揉著。

「喵啊啊啊——」

「妳不要這樣，牠不喜歡！」徐欣趕緊說著，但方儀像是沒有聽到一樣，她似乎把小白當布偶一般玩弄，甚至把小白扭成奇怪的姿勢。

「方儀！妳在做什麼?!」

「很好玩呀！妳看！」方儀邊說，邊把小白的雙手往上拉，小白發出吃痛的叫喊。「牠好軟好軟，跟那天紙箱裡面硬邦邦的不一樣，妳看，牠可以做出很多不同姿勢耶！」

「不要這樣，方儀！牠很痛！」徐欣驚慌失措，小白因徐欣不符合自然原理的拉扯，讓牠的手呈現怪異的角度，且不知道是不是自己看錯了，白色的毛沾染了紅色液體，小白嘶吼。

「喵吼！」下一秒，徐欣懷中的黑貓忽然往前跳，撲向了方儀，方儀慌張之下落下了白貓，徐欣趕緊去接住，但白貓已然氣絕。

「不要！小白！」這一次，白貓在她的手中逐漸失溫，彷彿失去骨頭一般，只是一團棉花，軟爛地攤在她的手中，徐欣的雙手都是鮮血。

「哇！不要，不要！徐欣，不要！」方儀被黑貓撲倒，黑貓的利爪彷彿像是為小白報仇一般，不留情地落在方儀稚嫩的小臉上，每一道爪痕都留下血痕，方儀雖然才小學二年級，但怎樣身形也比一隻小黑貓大，卻被牠壓制在地，無法動彈。

「小黑，夠了，不要這樣！」徐欣伸手過去抓著小黑，竟也抓不起牠。

「不要，放開我，不要！」方儀尖聲求饒，這下子讓徐欣慌了手腳，但無論她如何用力，就是拉不起黑貓，於是她心一橫，拿起一旁的小椅子，用力朝黑貓的身體打去。

黑貓整個被撞飛到一旁的牆上，摔落到地面，微微抽搐卻沒再起來。

「方儀，妳沒事吧？」徐欣鬆開了手中的椅子，趕緊要拉起方儀，但她受到太大的驚嚇，不斷哭著叫著。

「怎麼了?!」李欣容正巧回來，看見眼前慘況花容失色，趕緊跑到方儀身邊，那臉簡直毀容。

「發生什麼事情了？妳們打架了？」李欣容看著一臉驚嚇的徐欣，發現了一旁渾身是血的白貓，她倒抽一口氣。

「小白和小黑都抓狂了，我不知道……我只能……把小黑打飛……」徐欣哭了起來，比著一旁的小黑。

李欣容看了過去，又看回白貓，她嚥了嚥口水，趕緊打了電話，接著抱著方儀趕緊離開家中。

徐欣跟在後頭，當她邁出家門時，外頭豔陽高照，天氣已經轉晴，但地面卻沒半點水窪。

陸天遙的毛筆在紙張上飛快寫著，他發現徐欣沒再說話，便停下了筆，抬頭看了徐欣。

她窩在沙發裡頭，綁著兩根辮子的她，整個人縮在沙發上，她的雙手拿著裝著熱牛奶的杯子，吹了口氣後溫吞吞喝著。

黑貓跳到了陸天遙的桌上，這讓徐欣一愣，回過神，她手中的紅茶打翻，濺溼了她的白色襯衫。

「啊！」她嚇得站起來，卻不甚在意胸口溫燙的液體，而是桌上的那隻黑貓。

黑貓的眼珠直勾勾看著她，尾巴捲曲著，像是打量，靜靜地。

「這是……小黑嗎？」徐欣問。

「啊，牠也叫小黑沒錯。」陸天遙伸手撫摸了黑貓，「但牠不是妳的小黑。」

「這……」徐欣看著那隻貓，是呀，這隻黑貓的眼睛是全黑的，如同黑洞一般，而小黑的雙眼是褐色的。

不一樣。

「要再一杯紅茶嗎？」陸天遙露出微笑。

「喔，不，給我毛巾……咦？」徐欣甩著手低頭，卻發現剛才灑在自己胸前的紅茶漬消失了。

「怎麼回事？」她還沒回神，便注意到杯子好好地放在一旁的圓几上，裡頭亦盛滿熱熱的紅茶。

「那我們繼續說吧，再來怎麼樣了呢？」陸天遙拱手，黑貓瞇起眼睛，看著她。

「這……」徐欣愣著，雖狐疑著剛才打翻的茶漬怎會平空消失，但還是坐回了沙發上。

「我們搬家了。」

「搬家是嗎。」陸天遙揮筆，在白紙寫上了幾個字。

徐欣說，像是連夜逃難一樣，只是他們不是在夜晚離開，但搬得十分急促，徐欣記得離開的時候，鄰居們見到他們都竊竊私語，甚至不敢靠過來似的。

「為什麼忽然要搬家？我都要升國中了耶！」徐禮在車上不斷抱怨，而徐容抱著洋娃娃，坐在徐欣身旁睡著了。

「不要有意見，跟著我們就對了。」李欣容如此說著，但她的手卻捏得老緊。

「媽，妳怎麼了？為什麼這樣說話？」徐禮不理解平時溫柔婉約的媽媽，怎麼會忽然說出如此專制的話語。

但李欣容並沒有回答，徐禮轉向問正在開車的徐懿，「爸，怎麼回事？我們甚至沒有把所有東西都帶出來，就這樣急忙逃走了。」

他們每個人幾乎都只準備了幾天的衣裳，以及一些重要物品，與其說是搬家，不如像是旅行一樣。

「我們會慢慢把東西搬過去，反正明天就放寒假了，也沒什麼問題。」徐懿的聲音帶著一絲謹慎，他從後照鏡看了看徐欣，「妳還好嗎？」

「我想去看方儀。」她擔心著被貓抓傷的方儀，同時也隱約地明白，如此匆忙的搬家，原因大概出在自己身上，「對不起，我不該做出那些事情的……」

徐懿緊急煞車，一行人被安全帶勒住，熟睡的徐容也因這衝擊而醒了過來。

只見徐懿和李欣容驚訝地回頭看著徐欣，「妳做了什麼？」

面對徐懿的問題，徐欣咬著唇，看了睡臉惺忪的徐容，以及一臉莫名其妙的徐禮。

「我不該……殺了小黑，但我是為了保護方儀啊……」她聲淚俱下。

而一雙溫熱的手摸了過來，卻不是預想中來自李欣容的手，而是徐懿的。

徐懿溫熱的大手撫過徐欣的臉龐，「沒事的，沒事。」

而徐禮挑眉，與徐懿對看，但徐懿搖了搖頭，徐禮摸摸鼻子便不說話，看向車窗外。

叭叭——

後頭傳來急迫的喇叭聲響，李欣容拍了拍徐懿說：「快開車吧。」

「嗯。」徐懿轉回身子，繼續上路。

而李欣容一整車都沒再說話。

徐欣知道，媽媽在生自己的氣，沒有管好小黑、小白，讓方儀受了傷，自己更是失手殺了小黑。

她曾經說過要去看方儀，要向方儀道歉，但是李欣容不允許，只說了她好好待在家就行。

於是，她和徐容如同當時撿到那群小貓一樣，摺了許多不同顏色的色紙花，放到了盒子之中，並將黑白貓都放進去。

牠們的身體變得僵硬無比，像是木頭一樣，那觸感十分詭異，明明上一秒還在動的生物，這一刻成為了冰冷又僵硬的物體。

徐欣輕捏著黑白貓，然後問徐容要不要摸摸。

而徐容只是搖頭，跟那時的方儀一樣，所以徐欣蓋上了蓋子，將紙箱放在家門口，直到李欣容回來後，處理掉了那個紙箱。

之後李欣容幫徐欣請假至寒假，等晚上徐懿回到家後，他們在廚房聊了許久，最後徐懿說趁著寒假，一次處理完畢，於是他們便收拾行李，上了車。

夜色垂幕，徐欣感受到車子搖晃停止，以及拉上手煞車的聲音，接著是車門開啟，她揉著眼睛起身，一旁的徐禮也正醒來，睡眼惺忪。

「快起來，我們到了。」而李欣容已經打開了後車門，並抱起睡得香甜的徐容。

「到哪裡？」徐禮也打開車門，揹著自己的後背包下了車。

徐欣看著周圍，陌生的地方，認不出是哪。後車廂忽然被打開，她聽見徐懿的聲音從後面傳來：「徐禮，過來幫忙。」

「喔。」徐禮有些不甘願，他伸了懶腰，也走到後車廂的位置。

而一旁的李欣容卻還抱著徐容站在車門邊，徐欣正穿著外套，正想要從李欣容那方向下車時，李欣容卻打開了右邊的後車門，她彎腰看著徐欣問：「妳怎麼還不下車呢？」

徐欣一愣，眼睛盯著右邊車門的李欣容，但眼睛餘光卻瞥見左邊的車門，站著另一個抱著孩子的女人，那就是她剛才以為的媽媽。

「媽……媽媽……」她害怕地開口，碰地一聲，後車廂被徐懿用力關上，這讓徐欣整個人大抖了一下，只差沒跳起來。

「這是哪啊？」徐禮推著行李箱，手上也提著提袋，以及揹著自己的背包，從左邊的車門走過去。

這下子，徐欣才巍顫顫地回過頭，只看見徐禮站在車旁，哪來的女人。

「徐欣，快下車了。」李欣容催促，她也趕緊拿起自己的背包，從右邊車門下車。

他們下午的時候離開家裡，但抵達這不知名地方已是傍晚，遠方的夕陽餘暉宛如紅橘粉塵在天空炸開，烏鴉在天空發出嘎嘎的不安聲響，而一陣風吹過，將綁著辮子的徐欣裙襬吹動飄蕩。

眼前是棟三層樓的透天厝，規矩方正的白色建築，在欄杆邊則是些些暗紅，包含車子停著的院子，大約有個八十坪大小，而隨著屋子周圍的水泥牆將這圍起，周邊除了田地並沒其他建築，最近的鄰居少說騎機車也要十幾分鐘。

「這是哪裡？」徐禮又問了一次，他們幾個人站在院子看著這棟大房子。

「這裡是媽媽朋友借我們的房子，我們暫時可以住在這邊。」李欣容淡然說著。徐懿摸索著口袋，拿出了平時的一大串鑰匙，其中一把銀色的新鑰匙格外顯眼。

「我們什麼時候回家？」在李欣容懷中的徐容童言童語地發問。

李欣容則晃了晃懷中的徐容，輕聲說著：「從今以後，這裡暫時就是我們的家了。」

黑白貓的事件只是開端，一切巨大轉變，從搬進那個家開始。

徐禮原本想選擇三樓的房間，因為整層三樓除了有個小客廳以外，就是只有一間房，而且房間十分大，看起來應該是主臥房。

而二樓除了一樣有小客廳外，另外兩間房大概就是三樓房間的一半。

因為房間數量不夠，所以徐懿要徐禮睡二樓，把三樓的大房間讓給兩個女兒一起，對此決議，李欣容有些猶豫。

「沒事的。」徐懿又說了一次。

李欣容有些焦慮地多看了兩個女兒，他們一同參觀了各個房間，每間房有基本的家具，甚至連床墊都準備好，雖然整棟屋子還空得很，但至少都足夠這幾天的正常生活。

每層樓梯間都有拉門，而三樓樓梯一上去拉開拉門後，可以瞧見不小的客廳，一旁還有落地窗玻璃，往下可以看見周遭的田地，以及前方只有微弱路燈照亮的筆直小路。

「哇～」徐容開心地往一旁的房間跑，徐欣也跟了上去，這裡的空間非常大，但裡頭只有雙人床以及一個大衣櫃和化妝台。

「這邊，可以玩玩具！」徐容在床前的空地開心跳著，徐欣也跑了過去，過一會兒徐懿把女兒的行李搬了上來，拿出了一些玩具，讓徐容開心玩著。

「還有這個，是誰的呢？」忽然徐懿拿出了一個嶄新的洋娃娃布偶，徐欣以及徐容的眼睛都亮了起來。

「你什麼時候買的？」李欣容詫異，而徐懿只是笑笑。

「這樣臨時搬家，總覺得對不起孩子呀，所以就當作是出於愧疚吧。」徐懿如此說著，稍早他也拿了新的遊戲片給徐禮。

「唉……」李欣容與徐懿擁抱，親暱地吻了彼此的臉頰。

在新家的第一個夜晚，李欣容陪著兩個女兒在三樓入睡，那個夜晚，徐欣輾轉難眠，彷彿睡著又像是沒睡，當她睜開眼睛時，卻發現躺在一旁的李欣容睜大眼睛盯著她，在僅有外頭路燈照進的漆黑屋中，李欣容慘白的臉，竟讓徐欣有些害怕。

她趕緊閉上眼睛，過了一會兒後偷偷睜開，李欣容已經閉上雙眼。

然後，她聽見了屋子角落傳來窸窸窣窣的聲音，徐欣朝那方向看去，只見一團黑影在那搖晃，在那個瞬間，她忘記了黑白貓已經不在，還以為是小黑，所以她朝那方向喊了聲：「過來。」

那黑影停止搖晃，接著緩緩起身，當黑影站立時，竟頭頂天花板，讓徐欣嚇了一大跳，黑影轉過頭，徐欣立刻再次閉起眼睛，雖沒有腳步聲，但是她可以感覺到黑影逐漸靠近，一股令人起雞皮疙瘩的冰冷氣息傳來，她更努力縮進李欣容的身邊，那黑影似乎沒再靠近，徐欣不敢再亂看，就這樣不知不覺地睡著了。

隔天，她並沒有將這件事情說出來，李欣容又和女兒們睡了幾天，之後便回到二樓房間。

而同時，舊房子的物品也陸續由搬家公司送來，由徐懿他們三個人負責整理，而年紀還小的徐欣則負責抱著徐容到外頭玩耍。

她們在稻田邊的小路看著清澈水溝中的魚群，徐容想要抓裡頭的蝌蚪，但水溝太深，兩個小女孩只能蹲在一旁看。

但一雙腳就這樣平空出現在徐欣的視線之中，穿著白色長裙的女人，雙手放在腳掌邊，也與她們蹲著看水溝裡的蝌蚪群，那過於慘白的腳並未穿鞋，指縫髒兮兮地，腳趾的趾甲甚至龜裂開，而女人似乎低著頭，長髮幾乎就要碰觸到深水溝裡的水面。

女人身旁還站了個穿著同樣白色洋裝的孩子，由於孩子較矮，徐欣只要些些將視線往上抬，便能看見孩子的臉，但是徐欣不敢，她低著頭看著水面，彷彿還能反射那對母女的身影。

「啊！那隻有腳。」徐容拿著小樹枝，指著水溝裡的其中一隻蝌蚪。

「徐容……妳、妳有看到嗎？」徐欣顫抖地問著自己的妹妹，但徐容一臉天真。

「有呀，就在那邊，那一隻！」五歲的徐容奮力地指著前方，那位置就在那小女孩的腳邊。

「徐容！妳沒看到嗎？」徐欣嚇得哭了出來，「有人……有人在我們旁邊！」

「什麼人？」徐容歪頭看著她。

然而就在這時候，那小女孩移動了身體，她慢慢地蹲了下來，慘白的臉面對著徐欣，接著露齒笑開，雙眼彎如月，瞳孔是深褐色。

「呀——」徐欣尖叫，往後一退，而徐容在這慌亂之中，一個重心不穩，整個人往前倒栽蔥，落到了深水溝之中。

「呵呵呵呵呵……」也因為徐欣往後倒，所以這次她清楚瞧見了那女人的臉，她面如死灰，雙頰凹陷，雙眼空洞無比，但嘴角卻上揚，看著跌入水溝的徐容發出恐怖至極的笑聲。

「哇……哇哇——」徐容大哭起來，那聲音淒厲得讓在家整理的徐懿以及李欣容一愣，下一秒立馬衝出家門。

而正在三樓整理妹妹們衣物的徐禮也被那哭聲嚇到，立刻跑到了陽台看，只見徐欣倒在水溝邊，而不見徐容的身影……

不，他看見徐容了，在那水溝之中能瞧見白色的衣物，那是徐容今天穿的洋裝，接著他發現父母奔到小路上，他趕緊喊：「在那邊！徐容掉下去了！」

李欣容尖叫，飛快地跑到了徐容身邊，而徐懿也立刻彎腰將徐容小心抱起來。

即便離得有些距離，徐禮還是清楚看見，徐容白色的衣裳染上了些些紅點，像是噴漆一般灑在她潔白無瑕的洋裝之上，來源自她額頭上的撕裂傷。

「快打電話，叫救護車！」徐懿朝徐禮大喊，並將徐容抱在懷中，往家裡的方向奔來。

徐禮立刻跑回屋內，找到了電話後，雙手顫抖地撥出了求救電話。

而徐欣渾身發抖，那對母女在她尖叫之後，在徐懿和李欣容跑來之後，都還在那，但是沒有人看到！

即便徐懿將徐容從水溝抱出來後，她們都還蹲在一旁笑著、狂喜著，李欣容過來抓住徐欣的肩膀，不斷搖晃著：「發生什麼事情了？妳做了什麼嗎？」

而徐欣眼中，只見那一對母女已然起身，站在李欣容的身後，不斷大笑著。

於是，徐欣昏眩了過去，直到她醒來，自己和徐容都好好地躺在三樓的床上。徐容的臉上貼了幾塊ＯＫ繃，額頭則有塊大紗布，她正安穩地熟睡，而李欣容則在床邊打盹，徐欣挪動了身體，李欣容倏地睜開眼睛，一見到她醒了，便問道：「發生什麼事情了？」

這疑問，也是徐欣想要說的，她想起那兩個恐怖的人，哭了起來，對李欣容說出事情經過，但是李欣容不願意相信，「別亂說話，根本沒有什麼人！」

「是真的，她們就在旁邊，妳們都沒看到！」

「那妳說，她們現在在哪裡啊?!」李欣容用力抓著徐欣的肩膀：「一切都是妳編造的，那是假的！」

「我才沒有！我沒有！」徐欣哭喊，這聲音引來了徐懿，他趕緊要李欣容鬆開手，而一旁的徐容也不知什麼時候醒了，在旁邊哭了起來。

「徐欣，根本什麼也沒有！」李欣容如此嚴厲說著，然後抱起了徐容往外走。

徐懿嘆氣，坐到床邊，安撫著不斷啜泣的徐欣。

「爸爸，你也不相信我嗎？」

「這……」徐懿有些為難，握著徐欣的手，「寶貝，有時候，妳們會有一些幻想的朋友存在，這不是壞事情，但是，不能把事情的發生都歸咎到幻想的朋友身上，知道嗎？」

即便只有二年級，徐欣也明白，她的父母不相信自己所說的話。

隨著徐欣年齡的增長，若那些曾經發生的怪事非她親眼所見，而是來自他人口中，她大概也不會相信。

所以她明白，後續的事件，更甚至家族的崩壞，都源自於這一切。

她的媽媽，李欣容，一直以來都不相信那些看不見的東西，李欣容認為都是徐欣自己裝神弄鬼，傷害了方儀，傷害了徐容。

所以那一次以後，徐欣不曾對父母再說出那些東西的存在。

「徐欣。」軟甜的聲音及輕柔的呼喊，來自一旁五歲的徐容。

「妳也不相信我嗎？」她看著眼前的妹妹，臉上還有著因摔下水溝而留下的尚未痊癒疤痕。

為了表達微不足道的歉意，徐欣剪去了長髮，和徐容一樣留起妹妹頭，徐容雖然不明白緣由，但見到姊姊和自己一樣的髮型，還是十分開心。

「我相信喔。」徐容也不知道相信什麼，但只要是姊姊徐欣所說的話，她總是無條件地支持。

「那如果我說……」徐欣嚥了嚥口水，在漆黑的房間，月光從窗外灑落進來，但卻在地板形成了兩個影子。

徐欣雙眼顫抖，瞥了一下窗邊，又迅速轉回徐容的臉上，「如果我說，窗外有兩個人，妳相信嗎？」

徐容太小了，她聽不懂意思，她也不理解三樓的窗外有兩個人是多不合理的事情，但從徐欣害怕的神情裡，徐容也感受到了詭異的氣氛，不過她選擇勇敢的回頭，看了窗外。

然而窗外月色皎潔，星辰環繞，晚風徐吹，並沒有什麼人。

「妳看到了嗎？」徐欣用氣音問。

徐容搖頭，「但是我相信有人。」

即便徐容看不到，但這句話對徐欣是多大的安慰，她流下眼淚，抱住了懷中的妹妹，然後看向窗外——

那對母女噙著詭譎的微笑，浮在外頭空中，對著她招手。

「妳有問過，那間屋子發生過什麼事情嗎？」陸天遙拿起墨塊，一邊在硯台上磨出濃黑的顏料。

徐欣搖頭，當時年紀很小，根本不會想到這些事情。而長大了，也已經不需要再問。

「黑貓呢？」

「嗯，去吃飯了吧。」陸天遙左右看了下，並不是很在意黑貓的去處，「那，除了妳以外，都沒人見過那對母女嗎？」

「沒有，但至少徐容相信我，這就足夠了。」留著可愛妹妹頭的徐欣臉色泛白，稚氣的臉龐有著超齡的成熟。

「妳跟徐容感情很好囉？」陸天遙問。

「是的。」徐欣頓了頓，身形抽長，恢復了原本ＯＬ幹練的模樣，她微笑道：「曾經。」

「嗯～」陸天遙似乎並不驚訝，他繼續問，「你們在那住了多久呢？」

「好一陣子，但說不上是多久。」對於在那屋子的記憶，徐欣總想忘記，卻如影隨形。

「那除了那對母女，妳還有看過其他的……東西嗎？」陸天遙想了個比較恰當的說詞。

「我看過很多，但我不敢正眼，所以我不知道那些東西是不是都是那對母女，還是說，有其他的。」徐欣拿起一旁的紅茶，又喝了幾口。

真是奇怪，她明明說了這麼久，頭頂的光亮卻不曾消退，太陽彷彿也沒有移動。而明明喝了這麼多杯紅茶，卻沒有想跑廁所的衝動，那紅茶也宛如源源不絕般地喝不完。

「那離開了那以後，妳還看過嗎？」

陸天遙的話讓徐欣不禁泛起微笑，「看不到了。」

「是嗎？」陸天遙挑眉，拿起了毛筆，「那請繼續吧。」

徐欣挪動了身子，「雖然看不到了，但是那些夢魘卻不曾離去，我好幾次在分不清真實或是幻覺的情況下，好像看見了她們，但一轉眼卻又不見，隨著年齡，我明白了長大後所看見的，不過是來自童年時代的陰影，也許……那對母女永遠留在那棟房子，不曾離去。」

「爸，你在哪裡？」

放學回家一陣子了，但家中依然無人，她在屋外猶豫很久，生怕一人回家會看見不該看的。

她知道今天是徐禮補習的日子，而徐容大概被李欣容帶出去走走逛逛，所以她等了快一個小時，但依舊不見李欣容他們的身影。

加上屋外實在太冷了，送她回來的接駁車也已經離開，方圓百里鄰居都太遠，她不知道能去哪，看著漆黑的田地，前方馬路的路燈閃爍，她怕在路燈閃爍的瞬間，下方會出現人影，所以她還是選擇了回家。

即便遇鬼，在熟悉的自家遇見，也許還能稍微有安全感一點。

「我們快到家了。」徐懿的聲音有些疲憊。

「你們？你和媽在一起嗎？」她問。

「對，妳媽今天身體不太舒服，我們現在要去接徐容，順便買飯回家。」

「好。」徐欣如此說著，掛斷了電話，把家裡的燈全部打開，來到了二樓小客廳，將電視打開。

搬來這個地方，晃眼過了半年，這段期間徐欣總是能看見一些怪異的東西，為此她越來越神經質，而李欣容似乎也害怕起這位特異的女兒。

短短的半年，李欣容對待她的態度改變了十萬八千里，面對徐欣，她總是過分小心、擔憂，但更多的是控制。

對此，徐欣也從敬愛這位媽媽，變成了畏懼這位媽媽。

然而，李欣容並不是對所有的孩子都是如此，在平常，她如以往一般，是個溫暖體貼的媽媽，但只有與徐欣兩人單獨相處時，李欣容便會變成另一個人似的，讓徐欣十分恐懼。

一開始，她認為是自己做錯了什麼，導致李欣容對自己另眼相待，大概就是使得方儀和徐容受傷的關係吧，但那並不是她的錯，雖然沒人相信。

很快地，徐欣有了另一個想法。

她聽見車子駛進院子的聲音，接著是樓下大門打開，以及有人爬上樓梯的聲響。從餘光她可以看見樓梯間的拉門，李欣容抱著徐容爬了上來，她並沒有在二樓停留，而是直接往三樓去。

看樣子徐容是睡著了，想先抱她去三樓房間吧。

徐欣轉著電視，並沒有主動和李欣容打招呼，這半年來她們的關係惡化不少，更甚至有時候李欣容還對她動手。

但是徐欣忽然發現，爬到一半的李欣容又下了樓梯，探出半個頭在拉門後看著徐欣在做什麼。

徐欣沒有反應，她等待李欣容忽然間的破口大罵，但李欣容並沒有，她就待在那看著，時間彷彿過了好幾分鐘，李欣容一動也不動，再怎麼遲鈍，徐欣也發現了不對勁。

似乎有心電感應一樣，在徐欣意識到不對勁的時候，那位李欣容也動了動身體，從露出一顆頭，變成了露出上半身，接著是整個人轉了過來，朝這方向走來。

徐欣冷汗直流，握著遙控器的手開始顫抖，她不敢逃，也不敢看過去，那抱著孩子的女人越靠越近，幾乎已經站在徐欣的右邊。

女人手一鬆，懷中的孩子落到了徐欣身旁的沙發上，那女孩跟徐容差不多大，一屁股輕巧地落在了一旁，沙發些些凹陷。

徐欣牙齒打顫，從電視螢幕的反射，她可以依稀看見那對母女的臉，一如她記憶中那般，帶著令人不舒服的笑意，但這一次她們身體不斷左右搖晃著。

「不、不要……」徐欣斗大的淚珠落下，她無法動彈，她感覺到女孩的手覆蓋到自己的手臂，冰冷、毫無生氣，彷彿要將她拖往深淵。

而那女人來到徐欣的背後，乾枯的雙手疊在她的肩膀，彎腰於她耳邊說：「我會在這裡等妳。」

「不——」她尖叫，雙手用力一揮，伴隨著東西被打破，以及徐容驚駭的臉。

「妳到底在做什麼！」接著，是火辣辣的一巴掌，落在了她的臉頰。

她不明所以，卻看見了李欣容暴怒的模樣。

「妳為什麼要打妹妹？為什麼?!」她用力抓起徐欣的身體，不知哪來這麼大的力氣，竟能將她平空舉起，於半空搖晃。

再來她用力將徐欣摔到地面，徐欣還來不及反應，嬌小的身軀已經落到了地面，她的手肘重重撞擊到冰冷的地板，膝蓋則碰到沙發邊的堅硬之處。

好痛，但是她卻無暇顧及那身體的疼痛，她對於眼前發狂的李欣容更加感到恐懼，曾經在夜晚撫摸她的頭，安撫因惡夢而驚醒的那溫暖的手，如今變成令人畏懼的巴掌，拳拳落在她的背上。

她立刻縮起身體，蜷曲像是蝸牛一般，雙手覆蓋住頭，但李欣容的手卻不留情，像那發狂的黑貓一樣，往她的頭不斷襲來。

「妳在做什麼！天啊，欣容！妳冷靜一點！」聽到動靜的徐懿立刻衝上前，拉開了李欣容。

而徐容的哭聲響起，淒厲無比。

「嘿嘿，嘿嘿嘿嘿……」

徐欣聽見了笑聲，就算她的眼淚模糊了她的視線，她也可以從臂彎之中瞧見奮力從後箝制住李欣容的徐懿。

以及在李欣容後面，那個披頭散髮並且瘋狂發笑的女人。

她並不怪罪媽媽，即便這段日子來，李欣容變得面目可憎。

但她知道，她的媽媽，是被附身了。

陸天遙停下毛筆，忽然起身往另一個方向去。

「你要去哪？」徐欣立刻坐正身體，但卻忽然覺得渾身疼痛。

「我去幫妳拿藥。」陸天遙轉頭，露出了好看的微笑。

「藥……？」

「妳渾身是傷呀。」陸天遙說著，走向了另一頭的書櫃。

「傷……？」徐欣狐疑，看著自己的手掌，如此嬌小，卻佈滿疤痕。

她的頭也傳來了陣陣劇痛，她伸手摸著自己的腦袋，彷彿才剛被李欣容打過。

陸天遙從一旁的書櫃拿出了白色的小醫藥箱，朝徐欣走來，他的臉上掛著清淺的微笑，徐欣不禁想，在她的人生之中，是否遇過如此帥氣的男人？

啊，扣除徐懿和徐禮吧，他們兩個都十分好看，這不是出自於女兒和妹妹的盲目，而是身為女人由衷的稱讚。

長大後的徐禮，就像是年輕時的徐懿一般，看起來就像是好人家出身的紳士，穿著得體，談吐得宜。

她時常在想，如果當年不邀請方儀回家看貓，是不是後續的事情都不會發生了？所以，原因還是出在自己身上呀。

陸天遙從藥箱拿出酒精濕片，輕柔地按壓在徐欣每一道小傷口，她吃痛地倒抽一口氣，陸天遙則吹了吹那傷痕，然後用棉花棒沾了紅藥水，細心地滑過那些傷。

神奇的是，當藥水滑過，那傷痕便癒合，徐欣的小手在陸天遙的手中變大，那疼痛也消失。

她目瞪口呆，但陸天遙卻沒有太大的反應，溫柔地將她的手放置她的膝蓋上，那疼痛已然消失，陸天遙為她倒了杯紅茶，輕輕啟口。

「那一天的事情，是怎麼發生的呢？」

沒頭沒尾，但是徐欣聽得懂。

「我不知道。」她如此回答。

直到今天，她依然不知道當天是怎麼了。

自從他們搬來這裡後，一連串衰事不斷，先是徐懿的成衣工廠遭人跳票，股東紛紛撤資，導致資金周轉不靈，但念在徐懿平時做人老實，大多數的員工都還留著幫忙，更甚至有許多朋友友情贊助。

然而屋漏偏逢連夜雨，在徐懿為了公司的事情忙得焦頭爛額時，李欣容頻頻出格的行為更讓徐懿感到頭痛，那一陣子，兩夫妻時常爭吵。

這些日子以來，李欣容總會莫名地暴怒攻擊自己，徐欣身上老有消不掉的瘀青，她不是沒求救過，但徐禮不相信她。

「妳自己乖一點，我功課很忙妳不要吵，妳沒瞧見媽為妳操煩多少嗎？還有，拜託有個姊姊的樣子，不要總是對徐容說些怪話好嗎？」面對徐欣的訴苦，徐禮十分不耐煩，認為一切都是徐欣裝神弄鬼。

「我沒有，媽真的很奇怪，她會打我，可是那不是媽的錯，我們大家一起去廟裡拜拜好不好？」徐欣懇求，但徐禮只將她推出房門。

「拜託，別再怪力亂神！不要再來吵我了！我明天要考試！」在徐禮關上房門前，徐欣瞧見了蹲在徐禮桌上的小女孩，她歪著頭格格笑著。

「不！徐禮！她在裡面，有東西在裡面！」徐欣這句話讓徐禮狐疑的開門。

「誰在裡面？」

「那個小女孩，她在那邊！」徐欣指著桌面，那小女孩依舊蹲在那，帶著玩味的笑容。

「徐欣，妳真的發瘋了喔！」徐禮氣得將徐欣拉進來，「在哪裡？指給我看！」

「不、不要！不要！」徐欣被抓得緊，無法逃，那小女孩嘴角泛開笑意，咧到嘴邊，但徐禮根本看不見。

「快啊！我給妳個機會，告訴我鬼在哪邊！叫她出來讓我看！」徐禮吼著，但明明那小女孩就在他們的正前方，徐禮根本看不到。

「徐欣！我受夠妳了，別再讓我聽到什麼鬼不鬼，去廟？妳去看醫生比較快吧！」說完，徐禮粗魯地將徐欣摔出門外。

「嗚嗚……」

徐禮為了不想聽見徐欣的哭聲，以及她令人毛骨悚然的胡言亂語，所以他戴上了耳機，將音樂放到最大聲，專心地念著書。

「徐欣……」而一直站在樓梯間觀看的徐容有些緊張地走了過來，她額頭上的疤痕依舊存在，似乎也不會淡去。

「徐容，妳相信我的，對吧？」徐欣哭著，抓緊徐容的肩膀，「妳看見了嗎？那個小女孩，和她的媽媽，現在就站在我們旁邊。」

小女孩格格笑著，蹲在徐欣右邊，而女人則站在徐欣左邊，她們這麼靠近，但在徐容純真的雙眼之中，什麼也沒有。

「爸爸呢？我需要爸爸……」徐欣哭著，但想起徐懿說過今天整日都要因公司的事情在外應酬，她的內心升起一股不安。

「徐欣，妳過來。」李欣容輕柔的叫喊聲從上方傳出，徐欣頓時寒毛直豎。她轉頭，瞧見了李欣容穿著白色的洋裝站在二樓通往三樓的樓梯間，而那個女人不知何時，已經移動到李欣容的背後。

「我不要……」徐欣哭著。

「妳和徐容都過來。」李欣容說，便逕自轉身上了三樓。

而徐容見著媽媽叫喚，理應跟上，徐欣嚇得趕緊拉住徐容，要她別去。

「但是媽媽要我們上去，要聽話才行。」徐容天真地說著，不疑有他的跟著李欣容的腳步上了樓。

徐欣見著自己的妹妹上了樓梯，而自己的哥哥拒絕溝通，爸爸也不在。

這一刻，她體悟到了自己孤立無援。

「嘻嘻。」一雙小手推了徐欣的背，伴隨著嬉笑。

她一愣回過頭，只見那小女孩往後退，隱沒在牆之中。

徐欣看著眼前的樓梯，明明害怕，卻還是邁開了腳步上前。

「然後呢？」陸天遙的臉近在咫尺，徐欣淺笑。

「我真的不知道。」

陸天遙拍拍徐欣的手，走回了書桌前，拿起毛筆在本子上飛快寫著，而那簿子曾幾何時變得如此厚實。

「妳可以把記得的都告訴我。」

「但我依舊不知道真相。」

「我們不需要知道真相。」陸天遙的話出乎意料。

「那為什麼……要我說呢？」

「因為，我想知道妳的故事。」他比了旁邊，徐欣看過去，原本在她的右邊是偌大的空間以及堆疊至天的書櫃，但此刻連放有茶點的小圓几都不見，轉變而成的是一扇門。

徐欣一愣，揉了揉眼睛，再次定睛，那扇門已然消失，又恢復成圖書館本有的面貌。

「那扇門後面，發生了什麼事情呢？」陸天遙雙手交疊，黑色的雙眼直視。

徐欣噏了噏口水，閉上眼睛，那扇房門就出現在眼前。

她伸手想開門，發現視線正逐漸往下，自己的身體又變回了小二時的模樣。

於是她推開了門，窗簾被敞開的窗戶吹進的風震得飄揚，但仔細一看，那窗戶並不是被打開，而是碎成一片片。

地板玻璃四濺，還有零星的血腳印，整間房間凌亂不已，能摔破的絕都不是完好，就連梳妝台的鏡子也被打破。

被褥也一團亂，發抖的徐容正瑟縮在床上，她躲在棉被裡頭顫抖，那李欣容呢？

徐欣看著地板的血腳印一路通往窗邊，她走到那，往下一看。

自家車停在下方，而徐懿正抱頭痛哭，以及在夕陽餘暉下，那肢體扭曲的李欣容。

躺在血泊之中，已無生命。

這就是，那一天，徐欣所有的記憶。

在李欣容死後，她們很快地搬離了那裡，她對後續的種種記憶不太清晰，只記得當她離開那棟房子時，看見了那對母女站在三樓窗邊對她揮手，她不知道那是說再見，還是叫她回去。

他們一同住到了徐懿的父母家，期間，徐懿跑了好多次警局，對於李欣容的死亡，徐懿沒與他們多解釋什麼。

倒是徐欣從新聞上看見了，最終是強盜殺人結案。

然而，周遭的人都竊竊私語著，說是徐懿殺了李欣容，他們提到了資金、提到了錢，提到了保險金。

「你們的媽媽，是被鬼殺死的。」那是唯一一次，在徐懿喝醉後，他給三個孩子唯一的理由。

「爸，你也瘋了嗎？」徐禮眼眶泛紅，跑回房間後甩上門。

而徐容顫抖著，那一天在房間裡，究竟發生了什麼事情，徐容看到了嗎？

「好可怕，是鬼……跑來跑去，摔下去……」而那也是徐容唯一一次，用她為數不多的詞彙，描述了當晚。

徐欣想起了那個女人，也想起了那個女孩，那一晚，她們是不是要帶走李欣容和徐容？當她們的替死鬼？

從李欣容死後，她們家正式四分五裂，徐懿的生意毀了，欠債滿滿，但不知道為什麼，在李欣容死前不久，他們更改了保險金額。

於是，將保險金拿去還債後，剩下的金錢居然還夠讓他們幾個人生活一陣子，後來祖父母過世留下的遺產，讓徐懿終日藉酒消愁。

徐懿從意氣風發的男人，變成了頹廢的大叔，每次回到家聞到的都是酒味，屋內一片狼藉，而徐禮幾乎都早出晚歸，一個禮拜見不到他幾次。

在徐禮高中畢業後，沒有與他們多說什麼，便離開了家，再也沒有回來。

而徐欣申請了住宿高中，在離家前一晚，徐懿在家中亂砸東西。

「你們都逃走啊！都離開啊！」然後他抓起了徐容，「妳再過三年也會逃開對吧?!」

徐容顫抖，卻說不出話，徐懿氣憤地將徐容甩到一旁，又拿起酒瓶。

而徐欣漠然看著，在對上徐容的視線後，關上了房門。

她與徐容，也很久沒好好說話了。

雖然她沒再看過任何怪異的人影，可是在徐欣內心深處，認為一切的發生都是她的錯，她不該明知道有鬼的存在，卻從沒強力拉著大家去廟裡，又或是自己過去。

她不該帶著徐容到水溝旁，才不會在那遇見那對母女。

她不該問方儀要不要來看貓，才不會讓方儀受傷並因此搬家。

她不該，在那個下雨天，於草叢撿起那五隻小貓。

翌日，她離開了家中，頭也不回地，也沒和徐容和徐懿道別。

火光點燃了菸，吸入了口中，經過了肺再次輪轉出來，徐欣吐出了煙，頓時煙霧彌漫。

「我在宿舍學會的。」徐欣笑著，穿著百褶裙的長腿交疊，手肘撐在膝蓋托著下巴，另一手夾著香菸，吞雲吐霧。

「叛逆的時光嗎？」陸天遙瞧了下小圓几，此刻那裡放的東西變成了菸灰缸、香菸、以及各式各樣的酒。

「我這叛逆期來得很長。」在黑色長髮的掩飾下，有許多挑染的七彩頭髮，徐欣穿著高中制服，剛點燃的菸已經抽到底，她在菸灰缸裡頭捻熄，立刻又點燃一根。

「住宿學校以為很嚴格，但沒想到室友好壞全憑運氣，或許是我不夠堅定，但我真的需要一個慰藉。」在煙霧迷濛之間，徐欣的雙眼也變得朦朧。

高中三年，是她最為糜爛的時期，她抽菸、喝酒、跑夜店，與不同的男人廝混，源自於她在宿舍認識了一個女孩，高允如。

高允如是個家境優渥的嬌嬌女，基本就是電視上可以看見的那種，不管做了什麼事情，家裡都會幫她處理好。

也因此，她從小就過於任性與驕縱，這讓家裡把她送來了住宿學校，並投資了大筆金錢，希望藉此能讓她乖些，但卻反而成為了高允如在這橫行無阻的理由。

某個夜晚，她拿起了菸，問了徐欣要不要來一口。才剛國中畢業的徐欣，除了在徐懿手中看過外，並未親自拿在手上過。

「不了。」所以她拒絕，這讓高允如起了興趣。

「乖乖女，嚐嚐看呀，人生百態，總歸都要試過才知道自己喜不喜歡。」高允如將菸遞給了她，「放心，不會有人找我麻煩，妳是我的室友，所以也不會有人找妳麻煩的。」

「還是算了……」

「抽一點，能讓妳忘卻煩惱。」

這句話吸引了徐欣的注意，「記憶也能嗎？」

「忘卻記憶嗎？除非妳撞到頭了！」高允如哈哈笑了幾聲，「但如果只是暫時的功能的話，酒精也可以喔。」

她想起了徐懿，再次搖頭，不想成為徐懿那模樣。

「反正試試看，又不會怎樣，再怎麼難看，也都在宿舍裡呀！」高允如說著，還真的拿出了一瓶紅酒，「本來是打算用來睡覺前慢慢喝完，機會難得，我們就來喝吧。」

「這……」頓時，菸酒什麼違禁品都有了，尚未十八歲的她，就這樣嘗到了菸酒的滋味。

在朦朧與微醺之中，她感受到了前所未有的歡愉，那揮之不去的李欣容死狀，也在這瞬間變得模糊，年幼時不斷看見的那對恐怖母女，身影也逐漸消散。

「哈哈……哈哈……」徐欣笑了起來，並在宿舍之中轉圈跳舞，高允如也靠了過來，與她在宿舍中轉圈。

「妳可真漂亮。」美豔的高允如望著她，然後吻上了她。

縱然腦袋覺得這樣很怪，但她也回應了高允如。

「哈哈，妳真有趣。」高允如笑著。

當狂歡的隔日醒來，劇烈的疼痛讓她差點下不了床，但隨之而來的是那對母女恐怖的笑容，以及李欣容扭曲的肢體。

那比她喝酒以前更加清晰，恐懼再次襲來，就連牆壁上的痕跡看起來都像是那女人的臉。

她趕緊爬下床，拿起了地面上的紅酒瓶要喝，但卻發現空無一物，她連滾帶爬的來到高允如床邊，搖晃著問：「還有嗎？那酒還有嗎？」

「怎麼？妳還要喝？」高允如揉著眼睛，笑著看她，「乖乖女解放，就是會比其他人還要誇張。」

徐欣沒空理會她的調侃，她只感受到自己渾身發冷，雙手不斷顫抖，她雙眼驚恐地看向四周，一個閃神，好像又看到了床邊有雙腳。

不，她立刻閉起眼睛，告訴自己那不是真的。

這麼多年都沒有見過，不會在現在才又看到。

窗外陽光明媚，不會的，不會的。

「如果真的要喝，晚上我帶妳去另一個地方吧。」高允如邊說邊拿起一旁的手機，看了看後嘖了聲，「看樣子第一堂課又上不到了。」

高允如蹺課不是一兩天的事情，但卻是徐欣第一次，不意外的老師約談了她，並說著若是高允如給了她不好的影響，要將她更換寢室。

而與此同時，高允如大搖大擺地走進導師室，一手搭上了徐欣的肩膀，看著老師說：「老師，她是我的好朋友、好室友呢。您就這樣把她換走，我會傷心的。」

眼前年輕的女老師手捏緊，不敢吭聲。

「老師，您很年輕呀，何必管這麼多呢？自己的前途比我們的前途還要重要，不是嗎？」高允如挖了挖耳朵，拉著徐欣就離開了導師室。

在離開前，徐欣聽見了其他老師對著自己的班導說：「何必和高家過不去，算了吧。」

她有些詫異，並帶著些些佩服看著高允如，忍不住說了句：「妳好厲害。」

「厲害的不是我，是高家。」她歪頭一笑，「未來那些也都會是我的，循規蹈矩、安安分分，是我往後的人生寫照，所以為何不趁我僅有的自由時間，好好放縱呢？」

面對高允如的坦然，在此刻對徐欣來說如此具有魅力，於是沉淪的速度比她想像的還要快，副作用來襲得也更加強烈。

她曾在半夜的宿舍醒來，瞧見了高允如坐在床上邊哭邊笑，但當月光照進，她卻發現那並不是高允如，而是那屋子裡頭的女人。也曾在上課的教室後頭，看見了那對母女站在窗邊，或是在淋浴時從布簾後看見了她的腳。偶爾，甚至在她從高處往下望的時候，會看見李欣容扭曲的屍體。

徐欣明白，這只是一種幻覺，或許，她想安慰自己是幻覺。她認為那對母女就與李欣容留在了那座宅邸，因為那是她生活下去的希望，要是那對母女走出了那棟屋子，那不表示，也許自己永遠也逃不了那些惡夢？

於是徐欣只能喝下高允如偷偷藏起的酒，麻痺自己，唯有腦子不清楚，才不會看見那些東西。唯有在吞雲吐霧之間，才能模糊了眼前的世界。

她雖然沒有吸毒，但是酒癮與菸癮，卻成為了她的毒品。

徐欣從來不知道，毛筆在紙上滑過的聲音會這麼好聽，她看著眼前的陸天遙修長的手指，握著毛筆並神色專注地聽她說話的模樣。

怎麼自己從來就沒遇過這樣的好男人呢？

「所以後來又是發生什麼事情呢？」陸天遙明白徐欣盯著自己瞧，而在他眼中的徐欣，已脫去高中制服，穿著與現在無異的整潔套裝，只是臉蛋稍微青澀了些，頭髮也短了些。

「後來，我經歷了一段人生黑暗期，但我堅守著不嗑藥，在那段時間酒癮到了會發抖的地步，更甚至時常在不認識的男人床上醒來，但我毫無罪惡感、羞恥感或是任何該有的道德感，我只要腦子清醒，就無法正常生活，所以為了生存，我只能選擇他人眼裡墮落的方式。」說著這些話的徐欣，她的臉上出現了豔麗的妝容，身上穿著貼身又裸露的衣裳，但她輕笑，下一秒恢復了幹練模樣。

「黑暗期呀，妳願意說說嗎？」

徐欣擺擺手，「罷了，沒什麼好提，除了殺人放火嗑藥以外，你能想像的我全都做過了。」

「那為什麼會走回正常世界？」

「因為高允如不玩了。」徐欣眼一沉。

從尚未成年就與她一同墮落，嚴格說起來，還是帶著她墮落的高允如，在大學畢業那一年，忽然說了她不再玩樂了。

「我也差不多該開始認真接手家族事業啦，總是該先了解。」說著這些話的高允如已經將頭髮染回成黑色，穿著也從快看見內褲的熱褲，轉成了較得體的長褲。

在這一刻，徐欣才猛然想起，高允如本來就和她處於不同的世界啊，因為一同醉生夢死久了，讓她忘了這個事實。

失去了高允如的自己，過了一段不太好的時光，尤其是看見昔日一同在小巷嘔吐的夥伴，如今穿著端莊站在所謂的正常社會之中，更讓徐欣感覺失去了歸所。

因此，她偷偷回家看過一次，發現徐懿依舊飲酒度日，她恨透那樣的老爸，但明白自己卻也跟他一樣。

徐禮想當然耳沒有回來過，而徐容也不見了。似乎依稀的記憶之中，有接過徐容打來的電話，提到她也選擇了住宿高中。

但是那是哪所高中？徐欣一點記憶也沒有，因為徐容那通電話打來時，她人正在夜店狂歡，多種不同的酒精正衝擊她的味蕾與摧殘她的腦。

她忽然覺得頭暈目眩，在太陽底下雙膝跪地，然後就在她的手放在地面時，她卻又瞧見了那雙兒時記憶的腳。

女人蹲在她的身邊，腳趾甲龜裂且卡滿髒污，而小女孩則站在旁邊，接著小女孩緩緩蹲下，一切宛如當年與徐容站在水溝邊的場景重現一般。

「不——」徐欣尖叫，閉上眼睛不斷往後爬，她無法想像多年後的現在，再次見到那恐怖的笑臉，她會崩潰成什麼樣子。

於是她閉著眼睛在大街上奔跑，撞到了好多人，撞倒了好多路邊的雜物，摔得坑坑疤疤，聽見其他人的叫罵聲。

她就像是一個瘋女人一樣，卻沒人能夠幫她。

最後，她從階梯上摔了下來，嚐到了嘴裡的血味，可是很快地，她聞到了廟宇獨特的香味。

她張開眼睛，發現自己不知何時跑到了一間小廟。雖不到香火鼎盛，但也有足夠多的香客。

就跟救命稻草一樣，她連滾帶爬的來到廟裡，裡頭的人見到她趕緊過來攙扶，並說著要叫救護車。

而徐欣只是看著眼前的觀音娘娘，她忽然覺得奇怪，為什麼離開了那個家後的這些年，她從來沒有想過可以來到廟宇尋求慰藉？

於是她哭了起來，向廟方人員說了這幾年來的遭遇，她彷彿還能聽見那對母女站在廟門外竊笑的聲音。

「拜託幫幫我，我再這樣下去……會死的！」她求救著，這些年來，她第一次求救。

「乩身剛退駕，不然我們先請示娘娘好嗎？」廟方人員拿了筊給她，並指引著她該如何問。

很快地觀音娘娘被請了下來，她念了些什麼全都忘了，她只記得，當她問了那句：「有鬼跟著我嗎？」時，得到的是蓋杯。

她很想大喊著：「騙子！她們明明就在外面！」

可是說也奇怪，她感覺到了一股溫暖的空氣，頓時讓她的恐懼全然消失。

於是她轉過頭，廟門外除了其他香客，並無那對母女。

「她們……永遠留在那棟屋子了嗎？」她掉下眼淚請示，得到了聖杯。

「後來我回去找了高允如，告訴她我也想回歸正常生活，但是不知道該怎麼做。高允如無論是做為哪一種朋友，都十分有義氣，她讓出了一間房讓我暫住，提供了我吃喝，以及讓我進修了商業經營。我爸以前做成衣的，所以我對這一塊挺有興趣，雖說創業的開始高允如借了我不少錢，但這幾年我也陸續快還完了。」

徐欣坐直身體，帶著自信的微笑，馬尾整齊紮在後腦，戒掉了菸癮與酒癮，她看起來比同年齡的女性更美麗、成功。

「聽起來，那間廟幫了妳很多。」陸天遙沾了沾墨水，「但妳就這樣醒悟了，也挺順利呢。」

「一念之間，在神明的保證之下，我對於那對母女永遠留在那屋子這件事情感到無比安心。」徐欣從頸間拉出一條紅色的線，尾端則是護身符，「況且戴著這個，我再也沒見過任何不該出現的東西。」

「恭喜妳。」陸天遙微笑，「但還不是最後吧。」

「最後？」

「妳還保留了什麼事情沒說呢？」

聽聞陸天遙的疑問，徐欣不禁笑了。

她戒掉了菸，戒掉了酒。但現實社會的壓力依舊存在，她在正常世界要與多人競爭，要想著如何償還高允如的借款。

有個東西，她戒不掉。

「在我糜爛的那段歲月，除了菸酒成癮，就是男人。」徐欣露出嬌媚的微笑，「曾經，我和高允如好幾次與大家玩在一塊兒，我以為這一點即便我們回到了正常世界，也不會改變。」

「但是？」

「但是高允如變了。」徐欣無奈地笑，「我不知道她對那個男人是真心的，因為那個男人很乾脆地接受了我的誘惑。」

「高允如很生氣吧？」

「嗯，我一直到看見她如鬼一般的表情，我才知道她是真心的……」徐欣些些睜圓眼睛，抬頭看著陸天遙。

而他，在簿子上寫下最後幾行字，將其闔上。

這時候，徐欣方才進來的大門居然自動打開了，她回過頭，發現外頭五光十色，人聲鼎沸，而她再次轉過頭，發現自己何時變成站著了？

那沙發、小圓几都不見了。

「謝謝妳告訴我妳的故事。」陸天遙抱著黑貓，走到她的面前，引領著她一路走往大門。

徐欣來到圖書館的門邊，看著剛才明明杳無人煙且寂靜詭異的街道，此刻竟繁榮無比，人群來往，像是熱鬧的台北街頭，商家林立。

「我該去哪裡？」

「走出去以後，妳自然就會知道了。」陸天遙微笑，並沒有催促，而是等著徐欣自己跨出門檻。

而徐欣轉過頭看著陸天遙，露出一抹淒楚的微笑：「我死了對吧。」

陸天遙點頭，摸了懷中的貓，「但現在，不也像是活著嗎？」

「是啊，也許，更像活著。」徐欣揚起笑容，走出了圖書館。

她想起來了，在紀念會的隔天，當她要出門上班時，看見了如鬼一般表情的高允如拿著刀，站在她的租屋外等候。

「他是我唯一珍愛的人，我幫了妳這麼多，妳怎麼能夠背叛我？」高允如刀刀致命，毫不留情地在她身上落下。

在嚥下最後一口氣時，徐欣於高允如一雙眼中所見的，是那對母女，各據一邊。

陸天遙關上了門，並不好奇徐欣去了哪。

「喵～」黑貓叫了聲，陸天遙將牠放下。

而牠甩甩尾巴，朝前方的書櫃走去。

「你知道不能去那的。」陸天遙些些皺眉，提醒。

而黑貓回頭，張揚地張嘴哈氣，彷彿說著：「別管我。」一般，貓總是高傲，陸天遙也拿牠沒辦法。

黑貓走向書櫃，在靠近的瞬間，書櫃卻消失了，轉變為一扇白色的大門，而黑貓坐在白門前，抬頭凝望著門把。

陸天遙靠近，站在黑貓後頭，看著按壓式門把微微震動著。

「你知道規矩的。」陸天遙說，門那邊的人停下了動作。

「總有一天會開門的。」那一邊的人如此回應。

「但不是現在。」他說。

黑貓無聊地伸了懶腰，張大了嘴，打了個哈欠。

白門消失，變回了原本的書櫃，而陸天遙將剛才放在桌面上的那本寫滿徐欣生平的簿子，放回了書櫃之上。

第二章

徐禮

「老闆娘，我要一份雞蛋糕……等等，大寶！不要跑！有車子很危險！」年輕的媽媽一邊從包裡找零錢，一邊要阻止正往馬路跑去的幼稚園兒子。

一輛寶馬疾駛而來，駕駛座的男人講著電話正到開心之處，不由得哈哈大笑起來，完全沒注意到一個男孩突然站在馬路中央。

「不——」年輕媽媽倒抽一口氣，卻來不及上前。

忽然一個影子迅速衝到馬路中央，抱起了男孩，而駕駛座上的男人注意到中央有人，趕緊緊急煞車。

那急促煞車聲響在路上迴盪，留下長長的痕跡，周遭路人無不驚呼，年輕媽媽嚇得趕緊跑到路中央，見著一個男人抱著大寶，臉色雖有些發白，但還是安撫著嚇傻的大寶：「沒事吧？」

「嗚……哇哇——」大寶這時才大哭起來，但被年輕的媽媽打了好幾下。

「叫你不能亂跑，你不聽！你要嚇死我嗎？」年輕媽媽邊哭邊打著孩子，但很快又抱緊他，不斷對眼前的男人道謝。

「搞什麼啦！不要突然跑到路中央。」而寶馬車上的男人從車窗探頭出來謾罵。

「這附近有學校，本就該減速，而你還邊講電話，要叫警察來嗎？」救了大寶一命的男人厲聲說著。

「叫警察來我也不怕，我可沒超速。」寶馬駕駛雖這麼說，但卻倒車後轉進去另一條巷子。

「真的很謝謝你，真的真的，謝謝老闆。」年輕的媽媽不斷朝被稱呼為老闆的男人道謝，而他擺擺手，表示舉手之勞。

「徐禮！」從雞蛋糕小攤販的後頭，一個女人跑了過來，有些驚慌卻更多無奈地看著一旁。

徐禮也跟著望了過去，不由得發出一聲驚呼，「啊。」

方才，他才回租屋準備好蛋糊要拿來攤位補貨，沒想到快到雞蛋糕攤位時，便看見常客大寶跑到馬路上，千鈞一髮之際他趕緊丟掉手中的東西，想也沒想地衝上去保護了大寶。

「真的是非常非常抱歉！」大寶的媽媽一邊掏錢，「這個我賠你吧。」

「不用了啦，小事，大寶，以後要乖乖聽媽媽的話，知道嗎？」他彎腰，摸了摸大寶的頭，孩子淚光閃閃地點點頭。

於是沒有了蛋糊，他們晚點的生意也不用做了，賣完了剩下的材料後，便開始收拾攤位準備回去。

「我明天要去面試。」在推著攤位回租屋的路上，沈百蟬如此說。

徐禮抬頭要說點什麼，但看著沈百蟬堅定的側臉，他再次垂下頭看著自己的布鞋腳尖。

「你，是不是也該找工作了？」果不其然，下一秒沈百蟬又提出這問題。

「我現在不就在工作了嗎？」他拍了一下攤位推車，抵達了租屋處，並將其鎖在一旁鐵欄邊。

「做這個不上不下的工作，是能存多少錢？一包賣個二、三十，何時能買房結婚？」又來了，最近與沈百蟬說話，最終都會回到這現實的問題上。

「但，即便當上班族也買不起房子啊，租屋也沒什麼不好，像現在這樣子做做小生意也不錯，而且結婚這件事情不是說好了，過一陣子……」

「我真的受夠了！」沈百蟬吼出聲，「這是什麼小生意？賠得了你的欠債？我們沒有婚約關係我還幫你背債務，你連給我個承諾都做不到？」

她用力推了徐禮，「我跟了你幾年了？你可曾把我放在你的未來之中？你對外表現得如此得體，但對我呢？對工作呢？你真的有上進心嗎？」

「百蟬，妳冷靜一點，現在時機不好，到哪都被壓榨，不如先蟄伏，等待機會我自己開公司……」徐禮抓住她的手。

「別老想你的創業夢，你不是當老闆的料，光是這樣的小本生意你都做不起來了，老是給人賒帳、給人折扣、甚至連成本都會弄錯！我知道你想改變，想當個好人，但是生意人不是這樣當！我們也要生活，我們不是慈善事業！」沈百蟬的大眼睛下有著濃濃黑眼圈，她曾是人人呵護的嬌貴女孩，如今卻和徐禮一同在路邊賣雞蛋糕。

「百蟬……」

「我今天要回家！」沈百蟬說完後，進了租屋收拾行李，徐禮搔搔頭，跟著進去，看著沈百蟬的背影，覺得煩躁又對不起她。

但他卻無法說出半句慰留的話，最後也只能目送沈百蟬離開。

「唉，真煩。」徐禮踢了一下一旁的攤位，卻撞到小指，握著腳底板在那跳呀跳的一陣子，才回到租屋裡頭。

他看著桌面上放著許多逾期帳單，甚至還有刷爆的卡費，拿出手機想查詢存款餘額，卻發現無法上網。已經兩個月沒繳電話費，他氣得將手機丟向一旁沙發，翻找著凌亂的抽屜，找出了存款簿。

雖然兩個多禮拜沒有刷簿子，但也不會差到哪去，存款可憐得連電話費都繳不起。

「馬的！」他氣得再次將存款簿往一旁丟。

「徐先生，徐先生回來了嗎？」一個老先生的聲音在外頭喊著，徐禮嘖了聲，現在才裝作不在家已經太遲了，他瞧見老先生從窗戶探頭看著。

「房東先生。」徐禮起身，打開了前門。

「你們今天這麼早就做完生意啦？」年近七十的房東笑著，看著外頭的攤位，又探頭瞧著裡面，「太太不在呀？」

「她是女朋友，還不是太太啦。」徐禮解釋著。

「都這樣子了，還不把人娶回家呀！沈小姐是個好女人呀，不快點把她套牢，小心跑了。」房東哈哈笑著，試圖用幽默的方式提到這近乎隱私的話題。見徐禮沒有反應，才咳了幾聲後說，「那個啊，上個月的房租也還欠著，這個月也過了時間……」

「啊……」徐禮立刻翻找著口袋，卻想起今天做生意的錢剛才都讓沈百蟬給帶走了。「等我一下……」

他趕緊回到屋內，房東站在門口，看著有些凌亂的房子，不禁皺起眉頭。

而徐禮在每個櫃子翻找，幾乎翻遍了可能放錢的地方，最後也只有三千元。

「這個……再讓我緩個幾天，百蟬今天回家了，明天讓她把錢拿來。」

房東聽了嘆氣，「徐先生啊，你們是好人，但房租這樣拖欠，我也不好對其他房客交代……」

「不都說了幾天後給你嗎？」徐禮不悅地回著，房東則愣了下，徐禮趕緊說，「不好意思，今天發生了一些事情……房東先生，你手機借我打個電話好嗎？」

聽他這麼說，房東瞧了一下丟在沙發上的手機，徐禮身體擋住他的視線，「我手機有點故障。」

「……」房東看著桌面上許多未繳的帳單，心裡也明白是怎麼回事，無奈地把手機交給他，暗忖著也許下次來討房租時，帶著兩個兒子一起來比較妥當。

徐禮謝謝房東，並避開他的視線轉過了身，拿起沙發上的手機找尋號碼後，在房東的手機上輸入並撥出。

「你是要打給沈小姐嗎？」房東問，但徐禮只是尷尬笑了笑，再次轉身，靜靜等著電話那頭接起。

但響了許久轉入了語音，徐禮不死心再打了一次，正當這一次也快要切入語音時，電話那頭的女人巍顫顫地「喂」了聲。

「是我。」徐禮說。

女人鬆了一口氣，「徐禮？這誰的電話？」

「我房東的。」他咳了聲，「聽著，妳手上有錢嗎？能先幫我墊一點房租費用？我下個月還妳。」

「你上次和我借的……要開店的錢，也還沒……」

「徐容，我下個月會還妳的，妳手頭不是很寬嗎？」徐禮壓低聲音，對著這位久未謀面的妹妹說。

「我寬裕……也是因為我……」徐容的聲音越來越小，聽不清楚她後頭的話。

「總之，匯個五萬來我的帳戶，我下個月先還妳一點。」他說完後便掛斷了電話，帶著微笑交給房東。

房東狐疑的雙眼打量著他，但沒多說什麼便離去了。

徐禮用力關起門，一屁股坐到了沙發上，百無聊賴地拿起遙控器轉起電視，但每一台都是無聊的節目，他關掉電視後，像是出氣一般，將遙控器丟到一旁，順勢把桌面上的東西全部掃到地面下。

發洩完後，他喘著氣坐在沙發上，從前方櫃子的玻璃反射，看見自己滿臉鬍碴與凹陷的臉。

頓時，還以為看見了徐懿。

「可惡——」他氣得起身，朝浴室走去，但避開了鏡子，打開熱水準備淋浴。

明明畢業自還算前幾名的大學，一開始也還在不錯的大公司上班，更在那與沈百蟬相識相愛，而後他也順利談成了幾筆大生意，一切風生水起，順利不已，導致開始在公司有些作威作福，看不下去的前輩們好言相勸，但不被他放在眼裡，因為依照他自己的方式行事，反而更能談成生意。

開始，他覺得自己應該能獨立作業，便偷偷地做了些抽取佣金、回扣等事宜，最後被公司抓包開除，他便自立門戶。

沈百蟬出於愛情，於是跟著他離開了公司，兩個人一同經營。一開始還有幾個客戶跟著他一起來，但很快地，大家受不了徐禮的作業方式。

以往在大公司，還有公司品牌可以撐腰，但如今小公司剛創立，卻依舊用往日大爺的態度經營，加上獲利不如在大公司時的多，於是許多客戶紛紛離去。

徐禮不認為自己有錯，實力比態度還要重要，況且他認為，要是此刻自己更改態度，不就自打臉，以往的做事方式是錯的嗎？

所以他不改變，依然故我，最終公司開不到一年半便虧損到無以復加的地步，只得宣布倒閉，並積下了欠債。

那欠債並不到天文數字，但短時間內也無法還清，而沈百蟬並沒在這艱難時刻拋棄自己，而是陪伴自己繼續打拚。

他曾如此感謝，但自從當過老闆的滋味後，他並不想回到別人底下做事的感覺。於是他陸陸續續自己開設了各行各業，飲料店、小吃店、移動餐車、咖啡廳、早餐店等等，但他的態度及行事風格並沒有改變，很常和客人發生衝突，最後生意越來越差，只能收掉。

而今這雞蛋糕攤販開沒幾個月，他終於想嘗試用「親切」的態度試試看，但卻換來沈百蟬的碎嘴與抱怨。

這些年她無怨無悔，然而他卻連最基本的承諾都不給她，但徐禮這麼做不是沒有原因的。

徐禮沖完澡，站在鏡子前擦乾身體後，猶豫了一下是否要刮掉鬍子，但馬上放棄這個念頭。

於是他隨意擦了擦頭髮，便躺到床上去，卻怎麼翻身都睡不著。

他聽見有人在樓上走路，過一會變成跑跳，這讓他非常不高興，明天還要考試，這樣子他怎麼睡？

「呀！哈哈哈！」變本加厲地，還變成吵鬧嬉笑的聲音。

徐禮拿枕頭蓋住自己的耳朵，忍不住怒吼：「徐欣、徐容！妳們兩個給我小聲一點！我明天還要考試啊！」

「徐禮又在生氣了。」他彷彿聽見徐欣在樓上偷偷說著。

「妳不要逼我上去揍妳！」他吼著，然後他的房門被打開了。

「徐禮，你是哥哥，怎麼這樣子說話？」李欣容的聲音從房門那傳來。

又來了，老是說自己是哥哥，所以都要讓著妹妹。

他內心相當不平衡，拿開枕頭坐起身朝門口喊：「但是媽——」

頓時他一愣，自己已經三十幾歲，正待在一樓租屋處，而這屋子只有自己，房門也沒被打開。

他看了一下手機時間，凌晨兩點半。

他在不知不覺間睡著了嗎？

所以剛才那一切都是夢？這麼真實的夢？

他拍了拍自己的額頭，待在那間透天獨棟都是多久以前的事情了，他恨那個地方，就是從那裡後，一切才改變了。

「你們的媽媽，是被鬼殺死的。」

如此荒誕的話，竟是從自己老爸嘴裡說出。

現在的徐禮長得就像當年的徐懿，他不願在鏡中看見當時老爸的臉，這會讓他想起來那段黑暗時光，就如同此刻一樣，他在夢中見到了。

「什麼被鬼殺死！」他用力的捶了床墊，雙手深陷髮中，「世界上根本沒有鬼！」

李欣容，是被徐懿殺死的。

「對不起，您的餘額不足。」

提款機發出制式的聲音，徐禮暴躁地捶了提款機，讓一旁的保全人員過來關切。

「先生，請不要這樣子。」

「我怎樣了啦？」他吼著，邊瞪著保全後邊走出銀行，點了根菸拿出手機想撥給徐容，但尚未繳費已被斷話。

「他馬的！」怎麼諸事不順？

就連沈百蟬也都沒消沒息的，她不會是就這樣走了吧？昨天賣的錢也要先留下來，應急讓他繳個房租啊！

徐禮抓著頭，決定直接去沈百蟬家一探究竟，她家位於火車站旁的舊公寓一樓，初期戀愛時，他時常送她回家後，還待在後巷，透過她房間的窗戶聊天。

所以這一次他也打算直接繞到後巷，他可不想和沈百蟬的父母打照面，畢竟這些年來他們對他頗有微辭，認為女兒跟著他是受苦。

許久沒來後巷，想當初熱戀期怎樣的臭味與骯髒都不比多相處一秒來得重要，但如今這後巷臭氣熏天，甚至看得見死老鼠，讓徐禮卻步。

「我等等就要出門了。」但他聽見沈百蟬的聲音從屋裡傳來，所以他立刻跳進去後巷。

窗戶並沒有打開，但隱約可見沈百蟬的身影在裡頭，他正要出聲時，卻聽見了沈百蟬的輕笑聲。

「你真有趣，若是你的話，一定會不一樣。」

這句話讓徐禮一愣，他有多久沒聽見沈百蟬這樣笑了？在以前明明很常聽到。

但這並不會讓徐禮自省是否沒讓沈百蟬開心，而是認為這女人外面有人。

於是他用力敲了窗戶，啪的好大一聲，讓沈百蟬抖了一下。

她打開窗戶，訝異地看著徐禮滿臉怒容地站在外頭，而在徐禮眼中，只見到許久未曾在他面前梳妝打扮的沈百蟬，此刻穿著得體乾淨，唇上是鮮豔的口紅，以及精緻美麗的妝容。

「我不管妳要跟哪個男人廝混，欠我的也該還來吧！」他其實感覺被強烈背叛，但為了不讓沈百蟬發現自己的傷心，所以他選擇表現得像個混蛋一樣。

沈百蟬的臉垮掉，不可置信，「徐禮，你在說什麼？」

「把昨天攤販的收入拿來！然後隨便妳要去哪！」徐禮奮力拍著玻璃。

昨晚的收入，充其量也才一千多，而幾乎一整個下午的時間都是沈百蟬忙進忙出，徐禮只在一旁玩手機，收錢罷了。

然而此刻，徐禮必定誤會了什麼，卻連問都不問，直接要錢。

這些年來，她的付出，難道比不過這一千多？難道比不過這通電話的一句話？

「徐禮，我看錯你了。」沈百蟬聲淚俱下，也不去解釋那通電話只不過是來自多年好友的工作機會介紹。

「彼此彼此。」徐禮咬牙切齒。

於是，她將昨晚的收入連同攤販的霹靂腰包一同丟向窗外，掉到一旁水溝蓋的積水上，奮力關上窗戶。

「我沒事，對，我等等會去面試。」然後沈百蟬哽住哭聲，朝電話那頭說。

而後巷的徐禮則彎腰撿起了霹靂腰包，算了算裡頭的錢後，忽然愧疚與悲傷湧上心頭，原本還想敲一下窗戶與沈百蟬說話，但卻拉不下臉，只能轉身離開。

他拿了這些錢去電信公司繳費，一通話了馬上打給徐容，準備喝斥一番，但徐容正電話中，他不死心又多打了幾次，徐容終於接起。

「妳錢到底什麼時候——」

「錢？現在是怎樣？仙人跳？你是哪裡的男人啊?!」對方卻是一個暴怒的女人，「你是這賤人的誰啊？」

「叫徐容接電話。」徐禮罵了幾句髒話。

而那女人不斷叫嚣，似乎還可以聽到徐容在後頭要搶電話的聲音，徐禮不想瞎攪和徐容的私事，先掛斷了電話，準備晚點再打。

於是他回到租屋，將沈百蟬事前準備好的食材整理一番後，正要出門做生意，但卻瞧見房東帶著兩個年輕男人過來，一時半刻也躲不了，他只能裝作正忙著出門。

「徐先生，您好啊。」老房東笑咪咪地。

「房東，我已經說了，我過幾天會把租金給你。」徐禮看也沒看，正解開攤販上的鎖頭。

「徐先生，別欺負我爸年紀大了拿你沒辦法。」一旁粗勇的年輕男人口氣不善，這是老房東的二兒子，似乎在當健身教練。

「你哪隻眼睛看見我欺負你爸了？」徐禮也不甘示弱，他明白老房東帶人來只為了嚇唬他，並不是真的要對他不利，但此刻徐禮心裡亂糟糟，無暇顧及人情世故。

「你說話小心一點！」年輕的二兒子脾氣較衝，上前就推了徐禮一下，雖然嘴巴上逞強，但徐禮怎麼可能會是有健身的二兒子對手，一個踉蹌就往後倒。

「好了好了！」溫文儒雅的大兒子趕緊阻止，二兒子也聽話地往後退，但依舊瞪著他。

「徐先生，真的很抱歉，我們一定是有什麼誤會，我代替我弟向你道歉。」大兒子在律師事務所上班，雖還不到獨當一面的程度，但前程似錦。

「嘖！」徐禮知道自己理虧，並不打算多說，推著攤販車要走。

「請稍等一下。」大兒子擋在他面前，「徐先生，當初簽約上明文規定，若房租逾期三個月，將無條件沒收押金以及退租，這點您知道吧？」

徐禮一愣，對於這租約條例好像有模糊的印象，當年租房子時，自己正值遊刃有餘的階段，兩房一廳一衛浴租得毫不手軟，可如今連電話費都繳不出來，更遑論房租了。

於是他默不作聲，而大兒子繼續微笑說道：「所以說，徐先生，要是有什麼困難，也請老實跟我們說，別一拖再拖，最後要是請了警察來，誰都不樂見呀。」

果然是念過書的，看似親切實質威脅，笑面虎。

徐禮在心裡碎唸，說了句：「知道了。」便繼續推著推車向前。

他可以感覺到三個人還從後面望著他的背影，為此徐禮感到相當不爽，自己在幾年前可不是現在這窩囊樣，走路可有風的。

但這些日子以來，壞事一件件發生，壞運發生得比想像的還快。當他陷入低潮時，便會認為這一切都是她們的錯。

國小還沒放學，所以買雞蛋糕的人潮並不多，徐禮坐在一旁蹺腳抽菸並看著手機新聞，瞧見了幾個時常買雞蛋糕的媽媽們經過原本要買，但一見到他在抽菸，便尷尬一笑後路過。

徐禮彈掉菸蒂，將手機放在一旁並把音量開到最大，新聞正在播報一則因爭風吃醋而慘遭殺害的新聞。

他看著前方馬路來往的人潮，以及呼嘯而過的車子，他猛然想起那個日子快來了，所以他才會如此煩躁。

忽然手機因為連續震動而倒了下來，發出的聲響讓徐禮嚇了一跳，他趕緊拿起手機，原以為是徐容打來說匯錢了，或是沈百嬋打來求和。

但是螢幕上顯示的名稱卻讓他一愣，猶豫了許久，直到電話轉至語音，他原想將手機放回口袋，但很快的又開始震動。

這一次他接了起來，對方並沒有先說話，他彷彿聽見沉重的呼吸聲，他輕聲地：「喂……」了聲。

「……」那頭的深沉嘆氣，讓徐禮冒汗，彷彿在這個人的面前，他又回到了孩提時代。

「怎麼了？」他覺得有些不對勁，將音量轉大了些，聽到深深的吸氣以及……像是哽咽的聲音？「發生什麼事情了？」

「徐禮……」徐懿蒼老又悲痛的聲音從電話那頭傳來，上一次聽見徐懿這樣的聲音，是李欣容死亡的那天。

然而這一次，帶來的，卻是徐欣死亡的消息。

那一天的事情是怎麼發生的？

徐禮印象非常的模糊，他根本不清楚過程，他明明當時已經十二要十三歲了，他卻說不出所以然，為此，他非常懊悔。

但是要講那一天的事情，必須先回到最前面，他們為什麼會從市中心搬到那去開始說起。

徐禮有兩個妹妹，手足的名字分別取自於父親的姓，以及母親的姓名。這件事情不知道為什麼，總讓他特別驕傲，比起所有孩子在名義上都是「愛的結晶」，他們三個更有「愛的結晶」的感覺。

徐欣小了自己四歲，外型相當瘦弱纖細，如同受驚的小動物一般，但個性卻與之相反，是個調皮又愛頂嘴的妹妹。

而三妹徐容長相非常可愛，就像洋娃娃一樣，濃眉大眼，也許是因為才四歲的關係，總是歪著頭安靜地在一旁，似乎想理解大家在說些什麼一樣。

他喜歡兩個妹妹，但也許是因為年齡有些差距，加上兩姊妹都是女孩的關係，兩個人總有徐禮無法靠近的小圈圈，這讓徐禮有些寂寞，但自己身為長子，又是哥哥，當然要表現得像大人一樣，除了爸媽，徐家能依靠的就是他了，所以他告訴自己一定要好好加油。

從小到大，徐禮每一位老師都說過差不多的話。

「徐禮，你真是人如其名，十分有禮貌呀。」

「謝謝老師，那是因為我爸爸媽媽教得很好。」而他也會如此回應，這是他的驕傲。所以他一直引以為傲，但隨著徐欣年紀越來越大後，當初的調皮可愛，現在變成了愛找麻煩的困擾。

「徐禮，你妹妹又被叫去導師室了喔。」班上的副班長張庭亞在交作業去導師室時，看見了剛進小一的徐欣正被訓話著。

「她又做了什麼嗎？」當時小學五年級的徐禮正在教班上同學上堂課的題目。

「好像打破了什麼東西，可是我看你妹妹似乎不是很在意耶。」張庭亞模仿了一下還在嬉笑的徐欣模樣。

「我去看一下好了。」徐禮皺眉，起身朝導師室走去。

以往幼稚園時期，徐欣如何拿青蛙丟老師，或是把其他小朋友的東西藏起來，都還可以說是小孩子間調皮的打鬧。

但是升上了小學一年級，就算還是小朋友好了，但也要稍稍穩重一點了呀，不給別人添麻煩，應該是最基本的吧？

徐禮認為自己是一個非常好的榜樣，為什麼徐欣就是要唱反調呢？

導師室雖然有分低中高年級的教室，但導師教室都在同一排面，導師們也會互相串門子，所以當徐禮來到低年級導師室時，看見自己班導廖老師和教數學的陳老師也在裡面，一點也不意外。

很快地他看見徐欣在角落的位置，她的班導是今年第一次接班級的年輕女老師，正和徐欣說話著。

徐禮並沒有馬上進去，而是先躲在一旁不受人注意的角落，探頭先觀察一下裡頭的狀況。

只見徐欣站在她的班導身邊，氣氛輕鬆愉快，她笑嘻嘻地說著對不起，請原諒我等話，而她確實長得可愛，加上看起來一臉身體不好的模樣，多咳個兩聲，老師便心軟了。

見到這樣，徐禮認為自己也不用進去了，但就在他要離開時，卻聽見了廖老師的聲音：「妳明明是徐禮的妹妹，怎麼這麼調皮呢？」

他回頭，瞧見了廖老師和陳老師都來到徐欣身邊。

「我跟哥哥才不一樣呢，徐禮要有禮貌是他的事情，徐欣就是要順從自己的心。」徐欣哼了聲。

老師們見到這小小年紀的女孩，居然能說出如此小大人的話語，紛紛嘖嘖稱奇，也笑了起來。

明明是頂嘴，但每每徐欣說出來的話，大人就能輕易原諒，這才不是重男輕女的社會，而是女孩就是吃香的社會。

「老師。」所以徐禮改變了主意，轉身走了進去，趕緊彎腰跟徐欣的班導道歉，順勢偷瞄了桌邊的名牌一眼，「陳老師，真的很抱歉，聽說我妹妹打破東西了，請原諒她。」

而見到徐禮不管三七二十一就先道歉的徐欣，收起了笑容，不是很高興的看著他。

「哎呀，沒事啦。」徐欣的班導陳老師沒想到徐禮會跑來，見著這個年紀輕輕卻穩重又有著好看臉蛋的男孩，不禁說道：「真是個好哥哥呢。」

「請問打破了什麼，我有零用錢，可以賠償的。」徐禮邊說邊從口袋拿出了一百塊。

見狀，老師們笑得更開心，說著這樣保護妹妹的好哥哥要去哪裡找。

最後，徐欣打破的不過是自己的馬克杯，會被叫到導師室是因為在收拾馬克杯時，班上同學因為貪玩割傷了手，而打破杯子的起因，則是徐欣和同學玩鬧動作太大了，所以老師在了解狀況。

「謝謝老師，那我送妹妹回教室，可能會晚一點進教室。」徐禮朝陳老師道謝，又對廖老師這麼說。

「當然沒問題啦，真是好哥哥呀。」教數學的陳老師則在一旁讚賞。

徐禮送著徐欣回到一年級教室，兩人一前一後，但徐欣走得老慢，讓徐禮一直看著手錶，再兩分鐘就要上課，雖然已經告知老師會晚點進教室，但盡可能的話，徐禮還是不想遲到。

「妳走快一點。」徐禮回頭說，而徐欣立刻停下，雙手環胸，從剛才就彷彿在生氣的模樣，此刻看起來更不高興了。「怎麼了？」

「謝謝你啊，好哥哥。」她話中帶刺。

「妳幹麼講話這種語氣？」

「那你幹麼要來導師室，好像我做了什麼壞事，還是你只是想要讓老師比較一下你多優秀，而我好像很壞一樣？」徐欣伶牙俐齒，但還是讓徐禮愣了一下。

才小一的徐欣，講話何時這麼有邏輯性了？

「反正妳不要做一些跟別人不一樣的事情。」徐禮看了一下手錶，「妳的教室在前面，快進去。」

徐欣一愣，左右看了下，好像恍然大悟。

「欸？那我回去了。」徐欣走過徐禮身邊時還說，「我要和方儀一起回家。」

「但我們還是要在校門口見一下。」畢竟兄妹念同一所小學，分開回去有點不負責任，況且老師們都還會在校門口呢。

「好學生。」徐欣回眸嘀咕了聲，但很快又揚起微笑，「掰掰。」

徐禮覺得徐欣怪怪的，但也說不上來，他又看了一下手錶，趕緊用跑的一路奔回教室，踏入教室的那瞬間鐘聲正好響起，他喘著氣調整呼吸，在班導進來前，他已經把課本打開到上次進度的頁數了。

「這些債務如果真的沒辦法，那也許我們要考慮把保險解約。」

「解約了以後孩子保障就沒了，怎麼能解！」

「但現在我們連孩子的學費都可能有問題，還什麼以後的保障？」

「不，妳再給我一點時間，我想想辦法。」

「親愛的，薪水也已經兩個月沒有發了，這個月一定要先給，不然會很麻煩。」

徐禮一回到家，便聽見爸媽在房內竊竊私語著，他已經大到足夠聽懂這些現實話語。

「我回來了。」他在房間門口說，裡頭的人似乎嚇一跳，李欣容帶著笑容打開了虛掩的房門。

「怎麼沒聽見你回來的聲音，徐欣呢？」他向後張望。

「她和朋友一起走。」

而李欣容皺眉，「哥哥，你應該要……」

「我知道，但是她就是要和朋友走，媽，我國小一年級就也自己回家了啊。」

「不一樣呀，徐欣是女生。」

女生有什麼不一樣？

徐禮沒把這句話問出口。

「好啦，我來準備一下點心。」李欣容走出房門，而徐禮朝裡頭看了下，發現徐懿領帶解開，襯衫也有些凌亂，整個人看起來氣色不好，而床鋪上面放滿了許多紙張，但很快的李欣容把門關上，徐懿甚至沒有看門口的徐禮一眼。

跟著李欣容來到廚房，看見她正將蛋汁放入碗中攪碎，並放到平底鍋上時，徐禮忍不住說，「要是經濟有困難，我可以不要補習。」

這句話讓李欣容動作停下，但很快地繼續煎蛋，「這種事情不用小孩子操心。」

「我不是小孩子，我已經十一歲了。」徐禮抗議。

「十一歲也是小孩子呀。」李欣容將蛋翻面，盛到了盤子上，「你可以繼續補習，你們的教育費沒有問題。」

但剛才聽見的明明不是這麼回事。

他看著放在面前的金黃色蛋，李欣容拿起一旁的番茄醬為他在上頭畫出一個笑臉。

「我是說真的，我即便不補習，成績也很好。」他說。

「徐禮，那不需要你操心。」而李欣容認真地看著他，在眼鏡後面的雙眼不容許他再反駁，「這些話也別去跟你爸講，知道嗎？」

所以他只能點點頭，拿起一旁的湯匙，卻吃得食不知味。

對於被當作小孩子這一點，他非常討厭，也許在大人眼中真的還是孩子，但他也可以幫忙分擔一點事情了。

李欣容何嘗不知道長男把許多責任都往自己身上攬呢？

見著徐禮沮喪的模樣，李欣容不禁搖頭，「這樣好了，哥哥，我有一件事情想請你幫忙。」

「什麼事情?!」徐禮眼睛一亮。

「去幫我接徐容回來吧。」

沒想到分配的是這種無聊的小事情，徐禮覺得自己可以再做得更多，但是此刻他明白不要和李欣容討價還價，所以他揚起有禮貌的笑容，說著：「我明白了，媽媽。」

做個禮貌又聽話的孩子，大人才會喜歡。

於是吃完蛋以後，他來到保母家準備接徐容，當時徐容四歲，每當他和徐欣去上課後，李欣容便會把她送到私人保母那，再與徐懿一同到成衣工廠。

「今天是哥哥來接呀，真是個好哥哥呢。」保母邊說，邊將已經洗好澡的徐容交給他，「回家小心呀。」

「謝謝文文姊姊。」即便眼前的保母已經四十幾歲，不過徐禮從小就明白，所有女人都叫姊姊。

「哎呀，嘴巴老是這麼甜，來，給你顆糖果吧。」保母笑得心花怒放地，把一顆棒棒糖交給了他。

徐禮早就過了愛吃糖果的年紀，但還是表現得超級開心的模樣，收下了那顆糖果。他知道，當大人給你一個東西時，你若是沒表現得出如大人預期般的反應，那未來就別想再收到大人給你的任何東西了。但若表現得出來，哪怕太誇張，未來你還會拿到各式各樣的東西。

牽著徐容的小手回家時，他將糖果給了徐容吃，隨意問了今天有沒有發生什麼有趣的事情，徐容才四歲，講不出什麼所以然，所以這段對話基本上不成立。

他順著一旁的巷子走，瞧見了前方的飲料店外有幾個熟悉的大叔們聚在一塊，他多看了幾眼，發現是徐懿公司的老員工，立刻牽著徐容上前要打招呼。

他身為老闆的兒子，親切與熱情是必要的，他很明白自己該如何表現，才不會丟徐家的臉。

雖然李欣容和徐懿從沒要求他做些什麼，但他認為這是自己的本分，所以他揚起陽光又爽朗的笑容，朝他們跑去。

「現在這樣要怎麼辦？」

「唉，我們還是要跟他說說啦。」

「但是徐大哥人這麼好，很難開口啊……」

「所以我們沒有立即反應，而是拖到現在了啊，我們也需要生活……」

徐禮停下腳步，這群大叔表情凝重，話題也嚴肅，徐禮聰明的腦袋馬上與剛才李欣容和徐懿的話聯想在一起。

他發現現在不是自己出面打招呼的時候，正準備趕緊溜走時，徐容打了個噴嚏，這讓其中一個穿藍衣服的大叔轉過了頭，一看見徐禮先是一愣，尷尬笑了一下後趕緊說：「接妹妹下課呀？」

沒辦法了，徐禮只能也露出微笑，告訴自己要表現得天真並且更加有禮貌，大方地朝他們走去。「嗯……對呀，叔叔們好。」

「小容又長大了，真是可愛呢。」另一個叔叔朝徐容打招呼，她憨憨一笑，這可愛的模樣融化了幾個叔叔的心，讓他們想起自家女兒，這讓徐禮在心中比了讚，稱讚徐容做得好。

但一旁板著一張臉，雖然跟著徐懿很久，但是個最會計較……應該要說，最會爭取權利的員工，莫大叔。

他先是上下打量了一下徐容，又看了一下徐禮身上的制服，開口問：「小容是給保母帶嗎？」

「是啊，我剛接她回來。」徐禮回應。

「現在一樣給私人保母帶嗎？」

「是的。」徐禮如實回答，但總覺得莫大叔的反應很奇怪。

莫大叔嘖了幾聲，朝其他人說：「你們看，付不出我們的薪水，但卻能繼續讓兩個孩子念私立小學、請私人保母，你們注意到小容身上都是名牌衣服嗎？」

「這……」其他大叔看了看，也抓著頭不知道該說什麼。

徐禮在這瞬間發現到，自己似乎說錯話了。但他說的是實話，要是睜眼說瞎話大概更慘。他一直覺得自己很聰明，但是在這個當下，他卻不知道該說些什麼來扭轉情勢。

「好了啦，別在孩子面前講這些。」其中一個好好先生相勸。

「我也不想啊，但是……」莫大叔拍了一下大腿，點起一旁的菸，「回家跟你爸爸說，今天遇到我們了，知道嗎？」

「嗯，那我先回去了。」最後徐禮只能微笑，幾乎是落荒而逃。

在徒步回家的路上，徐禮思忖著要如何開口，但他總覺得難受得很，非但沒幫上父母的忙，反而還搞砸了。

「哥哥，我想買糖果吃。」經過便利商店時，徐容還拉了拉徐禮的手。

看著討吃的徐容，徐禮忽然一股火，左右看了一下，確定沒有人在注意他們，他才伸出左手，偷偷在徐容的背後用力捏了一下：「還吃！剛才不是讓妳吃了？還有就是妳打噴嚏才讓他們發現我們，都是妳的錯。」

「嗚……哇哇……」年紀小的徐容哪會明白呀，她只是覺得痛，大哭了起來。

「哎呀，怎麼哭了。」徐禮皺眉，摸了摸徐容的頭後抱起來，「哥哥抱妳回家喲。」

「徐禮，帶著妹妹呀，真乖，真是好哥哥。」一旁的左鄰右舍見著徐禮，每個稱讚有佳。

「徐容怎麼哭了呀？」其中一個大媽問。

「大概是想睡覺了吧。」徐禮說著，然後和大家說了句再見，抬頭挺胸地往家的方向走去。

他不知道徐懿的公司虧損到什麼地步，但還是認為自己比起接送徐容、照顧徐欣這種事情，還有能做更多、更重要的事情才是。

所以他趁著半夜溜進了徐懿的書房，偷偷打開了電腦，他知道莫大叔他們提到薪水的事情，所以他先找出了整間公司的員工薪水數字，再乘以兩個月。

等數字出現時，他愣了好久，平時算數學沒有感覺，但是當這些數字變成付不出來的金錢時，那就不一樣了。

然後他聽到書房外的動靜，趕緊把螢幕關掉，並且躲到了桌子下面。

接著是李欣容和徐懿走了進來，他們似乎在找什麼東西，伴隨低聲交談。

「房子和車子如果賣掉，至少能還掉廠商的錢吧？」然後他聽見李欣容這麼說。

「把那些抵押掉，我們就一無所有了。」徐懿壓低聲音，「再等一下，下個月有一筆大單會進來，到時候就能應急。」

「但是我們薪水要先發出來，況且再不付廠商錢，他們也不願意接單了。」李欣容和徐懿持不同意見。

一方認為該犧牲現有生活的一部分，另一方卻認為不該如此。

「別再找了！那些東西我都藏起來了！」徐懿喝止。

「你藏起來了？為什麼？」

「我知道妳會私下拿去抵押，別忘了房子和車子我都有一半。」徐懿的聲音十分憤怒。

「我就沒有一半嗎？難道你要到無法收拾的地步？」李欣容說。

「還不到最後，只要再撐一個月就好！妳現在把房子和車子都抵押掉了，只會讓員工更沒信心，他們要是一口氣離職，那下個月的單也別妄想接到了！」

「不用等到下個月，他們說不定現在就會走了！」李欣容雖憤怒，但怕吵醒孩子，還是很克制音量。

「什麼意思？」徐懿問，徐禮從桌面下偷偷探出頭，書房昏暗，看不清楚兩個人的表情，但他們各站一方，雙拳緊握。

「我今天幫小容洗澡的時候，她說遇到了莫大哥他們。」

「遇到了又怎樣？」徐懿反問。

「她說他們好像在吵架，然後有提到你。」

「他們說了些什麼？」徐懿激動地問。

「你覺得小容聽得懂什麼？」李欣容笑了聲，「但徐禮回來什麼都沒跟我們說，想必是不好聽的話，他們都已經在孩子面前講了，你還想要撐到下個月？你確定下個月真的就有辦法？」

徐禮在內心對著徐容生氣，這個成事不足、敗事有餘的妹妹！

李欣容和徐懿討論未果，兩個人都帶著不愉快的心情離開了書房，而他聽見徐懿甚至離開了家，當他躡手躡腳離開書房，經過他們房門口時，聽見了李欣容在裡頭的嘆氣聲。

那麼大的一筆錢，他們要去哪裡生出來？

「徐禮，你有覺得最近爸媽怪怪的嗎？」一個禮拜後，某次和徐欣一同前往學校時，她這麼問。

徐禮挑眉看著徐欣，連她都發現了，表示事情很嚴重。

其實不只是徐懿的工廠，最近臺灣景氣不好，許多小本經營的公司都面臨倒閉問題，連銀行的運鈔車這幾個月也被搶了幾次，導致銀行貸款對於發放標準也提高。

這幾天他曾偷跑去工廠看過，也偷看過徐懿的mail信箱，大概知道目前狀況。

簡單說起來，就是破產前兆，但是下一筆的訂單若是按照計畫，那就會是最佳及時雨，只是目前因為欠款快三個月，廠商不想再做賠本生意，加上連員工薪水都付不出來，更是讓其他人卻步。

所以當務之急，就是先付出員工的薪水，他從李欣容的筆記看見，許多員工以莫大叔為首，開始頗有微辭，一弄個不好就可能一口氣全部離開。

但徐懿死腦筋，認為無論怎麼周轉資金，都不該變賣自己私有財產，因為這樣的行為無疑是讓大家知道，他們連可以周轉的金額都沒有。

徐禮不了解生意該如何做，他只知道他們家快完蛋了。

「沒什麼。」而這些事情，不需要徐欣知道。

「你們什麼事情都不跟我說。」徐欣哼了聲，往前跑去，先行進到校門。

而他注意到一件怪事，今天送小孩來上課的家長好像變多了，校門口長長一排都是房車，而仔細一看，大約都是名牌紅線的六年級的學生。

當他走得更靠近時，發現校門口的老師也比以往多，徐禮覺得很奇怪，但只是向老師們露出微笑說早安，一進到校門，甚至看見其他老師站成一排，指引著六年級學生朝前方走，他克制自己的好奇，並沒多看幾眼。

「早安呀！」張庭亞揹著書包從校門口跑進來，朝徐禮問早。

「嗯，早安。」他對於眼前這位家境雖清寒，但成績十分優異的副班長比班上其他人還多了點佩服，他曾經看過張庭亞和家人一起在做資源回收。

然後徐禮注意到，張庭亞的手上還另外推了一個學校可另外購買的滾輪書包。

「這個呀，是六年級的學長淘汰，不要的，所以我就收下了。」她比了外面其中一個六年級男孩，是和張庭亞一起在圖書館當小志工認識的，此刻他的手上有了新的滾輪書包。

「他不是都要畢業了，還買新的啊。」

「對呀，因為很有錢。」張庭亞笑了，對於有錢人的浪費行徑她並不特別有意見，畢竟有他們的浪費，自己現在才有新書包拿。

所以既然都拿了好處，就不用再裝清高了。

「不過今天為什麼這麼多家長接送，有什麼活動嗎？」徐禮和張庭亞一同往教室方向走，滾輪書包即便在地板拖行也沒有太大的吵雜聲，還這麼好用居然就被淘汰了。

「喔，學長有說，因為他們要畢業旅行。」

「啊……好像要去濟州島對吧？」

他們知道自己念的是私立小學，比其他國小學費都還要貴，設備也比較好，但是他們並沒有強烈的自覺明白到有多麼不同。

他們學校的畢業旅行，通常都是出國，但是大多的孩子都不是第一次出國，所以家長十分放心。

「聽說我們明年是去沖繩耶。」張庭亞抿嘴，「真好。」

徐禮明白她的意思，即便可以拿著獎學金在這念書，但畢業旅行的費用學校是不會補助的。

「等妳長大以後，還是有機會去沖繩的。」說歸這樣說，徐禮也不確定自己明年有沒有辦法和大家一起出去。

「但小學畢業旅行只有一次……」張庭亞嘆口氣，「算了，也只能這樣，畢竟兩萬塊對我們家來講負擔真的太大。」

「妳怎麼知道是兩萬？」

「學長他們是兩萬啊，今天要拿來交呢。」

「韓國日本又不一樣。」徐禮說著。

原來是因為讓孩子帶著兩萬現金，所以才會這麼多家長載孩子來上學，老師們才會直接開一條專屬通道，讓學生們一來學校直接先去導師室繳錢，才不會有遺失的問題。

也是啦，畢竟真的是一筆大錢……

忽然徐禮腦中浮現一個奇怪的想法，他飛快在腦中心算，一個人繳兩萬，全六年級共五個班，每一班平均有四十人，那這樣……

徐禮的眼睛越睜越大，不自覺的嘴巴揚起了微笑。

「怎麼了？這麼開心？」張庭亞好笑地問。

「妳這個滾輪書包能借我嗎？」徐禮覺得，自己能做到的更多。

下午，兩台警車停在學校門口，引來了群眾以及學生的注意，但很快的老師把警車請到了地下室，外頭的鄰里好奇問了警衛發生什麼事情，警衛則說自己也不知情。

導師室裡頭擠了幾個警察，剩下一部分到了資訊室調閱監視器，而六年級導師們個個哭得梨花帶雨。

「您說，六年級畢業旅行費用總共多少？」資深警察顏大起不可置信，再問了一次。

而主任回應：「將近四百萬。」

顏大起覺得頭暈，「這麼大筆金額，為什麼要放在學校？」

「因為今天要繳畢業旅行的費用，我們好幾年來都是這麼做，早上收齊錢，中午保全連同旅行社會一起來收。」

「不是，現在應該可以請家長直接匯到戶頭了吧？為什麼是現金？」

「戶頭的對帳很麻煩……」

「不是有虛擬帳戶嗎？時代在變，你們學校也要懂得變通啊。再怎樣麻煩，都比這樣錢不見得好吧？」顏大起料想不到這所小學裡頭，今天居然有上百萬的現金。

「警察先生，現在不是檢討我們的時候，快先幫忙找錢啊！」主任沒好氣說著。

顏大起按下對講機，詢問在資訊室的人員，「監視器怎麼樣了？」

「一切正常，沒有拍到可疑的人。」另一邊回報。

「那表示錢沒有帶出去，一定還在學校裡面。」顏大起看了看導師室周圍，「你們錢暫時先放在哪？」

「我們分批放在不同的保險箱裡面，有密碼也有鑰匙。」其中一個六年級老師哭著。

「導師室這邊也沒有拍到有人把錢帶出去嗎？走廊呢？」顏大起問另一頭。

「教室和導師辦公室等行政教室都沒有監視器，而走廊許多監視器都歪了，其餘都正常，什麼都沒拍到。」

「歪了？」顏大起皺眉，走到導師室走廊，抬頭找尋監視器，發現朝牆壁稍稍歪斜，「這樣看得到我嗎？」他揮手著。

「隱約可以看到右下角有東西在晃動，但看不見是誰。」對講機回報。

「你們平常監視器就是歪的嗎？」顏大起問主任，但對方只是抓頭，似乎也不了解。

「我們對面就是操場，時常有學生球會丟到這裡來，撞來撞去，所以可能平常就是歪的。」其中一個老師回答。

所以不能說是預謀，但也有可能是預謀。

「八百萬不是小數目，要一次偷走，況且在這麼多人的眼皮之下，不太可能。」顏大起如此說著，但錢不見了卻是事實。

監視器未果，也不可能指紋檢驗，多少人摸過那保險箱。這下子頭大了，這裡是所小學，難道要懷疑小學生偷錢？

忽然顏大起靈光一現，問了地下室的進出車輛監視器狀況，而除了校長進出一次、來賓兩輛外，其他一早進來停車場的車輛，都還在下方。

「你懷疑是老師們嗎？」主任緊張起來。

「什麼都有可能，總是要一一排除。」於是顏大起找了幾個人，一同到了地下室，要準備離開導師室的時候，差點撞上正要進來的學生。

「哇。」徐禮喊了聲，一看見是警察，似乎嚇了一跳，趕忙說著：「對不起。」

「現在不是上課時間嗎？」顏大起對於這相貌端正的男孩忽然出現這邊，有些疑慮。

「怎麼會有警察？」徐禮也感到疑惑。

「徐禮，你怎麼會來六年級導師室？」主任當然認得這位品學兼優的好學生。

「廖老師請我過來的，她說已經都把錢放到車上了。」徐禮的話讓所有人大驚。

「廖老師？你的班導廖老師嗎?!」主任連忙推開顏大起，抓住徐禮的肩膀搖晃著。

「對、對啊！不然我還有認識哪個廖老師？」徐禮不明所以，還被主任過激的反應給嚇到。

「怎麼回事，你們報警前沒有先詢問各同仁嗎？」顏大起覺得烏龍，但同時也鬆一口氣。

「我也不太清楚，但廖老師是五年級導師，照理說不會跟畢業旅行費用有所接觸。」主任回應。

「不，因為金額龐大，所以幾乎全年級老師都有處理到。」另一位老師回應。

「亂七八糟的，所以說，現在錢在哪？」顏大起頭好痛。

「在地下室，廖老師的車上。」徐禮說著。

一行人跟隨著徐禮，浩浩蕩蕩來到了地下室，只見廖老師站在轎車旁邊，還正給兩台警車拍照。

「廖老師，這是怎麼回事啊？」主任趕緊跑到廖老師身邊，而她則被這個陣仗嚇到。

「我才想問怎麼了呢，為什麼一堆警車？」廖老師似乎完全不知道發生什麼事情，而顏大起要她快點打開後行李廂，她則乖乖打開了。

後面放了一個旅行袋，顏大起打開，裡面放著成捆的現金，這讓所有人鬆了一口氣，而顏大起全數拿出放在後車廂裡頭，稍微算了一下：「這邊不到四百萬。」

這讓主任又倒抽一口氣，趕緊衝到後車廂旁邊仔細清點，發現這裡只有兩百萬，又抓住了廖老師的肩膀：「另外的錢呢?!」

「欸……陳老師帶走了啊，我們分批，這樣比較安全。」廖老師邊說邊看了徐禮，而徐禮點點頭也跟著附和。

「對，陳老師先把其他錢帶去了。」徐禮說。

「但為什麼要這樣子？中午旅行社和保全不就會來收了，你們幹麼多此一舉？」主任又問。

「因為最近不是運鈔車搶案很多嗎？我們擔心就是有心人士知道今天我們會有大筆款項，所以陳老師打了電話詢問旅行社，最後與銀行接洽後，表示可以直接過去，走他們的專用道。」廖老師皺眉。

「是哪一個陳老師？」顏大起問。

「我妹妹，徐欣班上的陳老師，她打了電話問旅行社，最後決定這麼做的。」徐禮說起自己當時正好又為了馬克杯事件，去向陳老師道歉，順便詢問徐欣最近的表現，而廖老師也正巧來串門子，大家討論起運鈔車搶案，結果越講越緊張，所以才有了後續發展。

「所以我先拿一半，陳老師也拿一半，分別開車送去銀行……但是奇怪了，陳老師說了會告訴大家這件事情啊，怎麼會鬧得警察也來了？」廖老師真的一頭霧水。

「那為什麼徐禮會在這？」主任問。

「我自告奮勇要幫忙，廖老師的手受傷了，那個太重了，所以我幫她一起拿到這裡，然後上去通知一下陳老師說我們用好了，結果就看見好多警察。」徐禮一臉天真。

「……好了，沒你的事情了，先回教室上課。」主任擺擺手，吩咐了其中一個老師陪著廖老師一齊去銀行。「那陳老師人呢？」

陳老師的車子還在地下室，而他們回到導師室，發現陳老師坐在位置上批改考卷，見到一團人還有些驚訝，主任正要上前詢問，徐禮已經先大聲問：「陳老師，請問拜託妳的事情都處理好了嗎？」

「啊，處理好了。」陳老師起身朝他們方向走來，「我中午就都弄好了。」

「陳老師啊，那妳跟旅行社聯絡過後，怎麼沒跟我們說一下，搞得我們大家這麼緊張，以為錢不見了！」主任真的今天老了二十歲。

「欸？」陳老師漂亮的臉蛋一愣，趕緊道歉，「天呀，真是抱歉，後來太忙了一時忘記，但是放心，都處理好了。」

「陳老師也已經把剩下的一半帶走了。」徐禮說。

「啊，對，是這樣沒錯。」陳老師趕緊鞠躬道歉，「真對不起，造成大家的誤會。」

一場烏龍，顏大起想破口大罵，但卻已經虛脫，烏龍總比四百萬不見好。

所以他們便如此收隊，等事情處理完畢，都已經快是下課時間，而徐禮一邊收拾書包，一邊急著下課。

「徐禮，我的滾輪書包你什麼時候會還我？」張庭亞來到徐禮旁邊，有些好奇，「而且你裡面裝了些什麼？」

徐禮瞥了一眼旁邊跟張庭亞借的滾輪式書包，神秘兮兮地笑著說：「裝錢。」

「最好啦！」張庭亞打了他一下，與徐禮說了再見。

而徐禮就這樣推著那滾輪式行李，與校門口的警衛、老師們說再見，回到了家中。

當天晚上，新聞頭條便是徐禮所就讀的貴族小學，兩百萬失竊的消息。

*

靈堂上的人，徐禮全部都不認識。

他甚至連徐欣開了一家小公司都不知道，所有穿著黑套裝並哭泣不已的男女，全是她的員工。

他站在一旁，看著那些陌生人和徐欣的照片行禮，然後來到他們三個家屬身邊說著：「節哀順變。」

而當他們說起自己與徐欣的關係，說起徐欣多照顧他們時，徐禮覺得他好像不是在聽自己妹妹的事情，他對徐欣的了解，不比眼前這些人多。

一切宛如至於雲夢之中，處理完徐欣後事，他們三位「家人」才真正有時間坐下來喘息一下。

留著長髮的徐容一臉倦容，戴著太陽眼鏡似乎想掩飾自己哭紅的雙眼，但長髮幾乎蓋住臉龐，徐禮看著她，竟然想不太起來徐容長什麼樣子。

「你最近還好嗎？」徐懿坐到了徐禮旁邊的位置，他們此刻還在靈堂裡面。

「嗯。」徐禮看著靈堂上的照片，裡頭的徐欣微笑著，那端莊的模樣與她小時候有些相像，但卻與青年時期的她很不一樣。

忽然徐禮皺眉，「你又喝酒了？」

從徐懿身上傳來了酒味，他臉上的落腮鬍讓他看起來年紀更大，頭髮幾乎全白，徐懿年紀有這麼大了嗎？

徐禮不記得，他的爸爸該是幾歲？他該是什麼模樣？他對老房東的五官都記得比徐懿清晰。

就連兩個妹妹，他也不知道她們的長相。

於是他看向一個人坐在一旁的徐容，她和徐欣小時候十分要好，但自從……之後一切就亂了套，他們家也毀了。

此刻徐容看著死去的徐欣，她在想什麼？

徐禮起身走到了徐容身邊，她微微一愣，但並沒有抬頭。

他便坐了下來，猶豫一下，手僵硬地放到了徐容的手上，發現她十分冰冷，又瘦弱無比。

「妳有沒有在吃飯啊。」徐禮開口。

「嗯……」徐容低下頭，她的手微微顫抖，「徐欣，是被人殺死的。」

「嗯……」

徐欣死於高中同學的手下，起因源自與對方男友牽扯不清，導致嫉妒殺人，她毫無防備，聽說在走出房門的瞬間就被攻擊，手上有多處反抗的傷痕，但全身共被刺了二十幾刀，刀刀見骨，尤其是臉，幾乎毀容。

他們當然看過遺體，但可悲的是，徐禮不敢上前。

他在停屍間的外頭就停下腳步了，看著徐懿和徐容沒有猶豫地往前，他卻重疊了小學六年級那段時光。

李欣容墜樓慘死後，他看見了扭曲的媽媽，連帶在停屍間他都不敢進去，他不想再一次把記憶中美麗的媽媽，變成了可怕的模樣。

所以當年，他並沒有去看李欣容的遺容，就連最後的葬禮，他都沒上前看。

如今亦然，聽說徐欣被毀容了，他只記得徐欣年少時的模樣，不想把最後對徐欣的記憶，也變成了死相。

徐懿和徐容都沒有逼他，所以徐禮一個人在外面，顫抖不已，點著的菸燒到了手指，久久無法移動。

「我們去哪坐坐，吃個飯吧。」他們三個站在殯儀館前，徐懿笨拙地開口。

「我……我還有事情……」徐容始終低著頭，看不清楚她的臉。

「我也要回去做生意。」徐禮好面子的說。

「你現在在做什麼生意呢？」徐懿對於孩子的事情都不清楚，於是提問，想藉此親近些，但是徐禮不領情。

「不需要在現在，才要維持逝去的親情了。」徐禮冷笑。

「你……」徐懿頹廢的眼神中揚起一絲怒氣，但很快地消失，「我不希望下次見到你們的時候，都跟徐欣一樣。」

「放心，我們不是徐欣，不會如此。」徐禮說完後就要離去，但是還是轉向徐容，「我和妳一起走。」

「我、我有事情……」徐容低聲說著，但徐禮逕自拉起她，而徐容吃痛喊了聲。

「妳幹什麼？」他一愣，自己並沒有抓得很大力啊。

「我昨天摔傷了，所以手痛。」徐容抓緊外套，「我要先走了，那個錢……我會匯給你的……」

徐禮瞥了一眼一旁的徐懿，緊接著說：「什麼錢？別亂講。」

即便這麼多年過去，他們徐家早已四分五裂，但是徐禮潛意識的還是希望，自己在父親心中是最優秀的孩子。

對於徐欣明明曾經如此墮落，如今卻有了成功的事業這一點，讓徐禮相當不以為意，對於徐欣的死亡，他雖震驚與傷感，但說得更精確一點，就像是一個比較親近的同事過世一樣。

他如此冰冷，說實話，連他自己都感到訝異。

「我有話跟你們說，你們事情都先擱下吧，我們多久沒一起吃飯了？」徐懿難得堅持。

「從媽死了以後。」徐禮冷著雙眼，看著徐懿。「媽是怎麼死的，你要再說一次嗎？」

徐懿飄忽眼神，但還是回到了徐禮身上，「你們媽媽，是被鬼殺死的。」

他的答案跟以前一樣沒有改變，但一樣說得如此不真切，連自己都無法相信一樣。

徐禮笑了起來，深吸一口氣看著徐懿，「你覺得，我們還會相信這種事情嗎？」

徐懿沒有回應，而徐禮拉了一旁的徐容，「妳說，媽是怎麼死的？」

「這……」徐容顫抖，雙唇發白，「媽媽……媽媽是……」

「妳當時就在房裡，妳怎麼可能什麼都沒看到？怎麼什麼都不記得？」徐禮大吼，周遭的人都注意到這三位家屬，「房間有妳、有徐欣、有媽，還有爸，對不對?!」

「我、我不知道！我不知道——」徐容恐懼的尖叫起來，抱著頭縮到了地上，彷彿回到當年五歲一樣。

「不要逼她！」徐懿用力扯開徐禮的手，蹲到了徐容身邊，雙手放在她的肩膀上安撫，「沒事，沒事的。」

「哈、哈哈，」徐禮手扶在額頭上，奮力地踢開一旁的石頭，「爸，你當年和媽總是為了錢和工廠的事情在爭吵，就連我們搬家，你也有過抱怨！你們的感情早就不好了不是嗎？」

徐懿並沒有看著他，依舊蹲在地面上，「你想說什麼？」

「就老實說了吧，爸，不是什麼鬼殺了媽，當年你用那樣的藉口騙我們這些孩子，你讓才五歲的徐容保守秘密，如今把她變成什麼樣子？」

徐容不斷喃喃自語，在地面上發著抖。

「是你吧。」徐禮說著。

「是鬼，殺了你們的媽媽。」然而徐懿如此堅持，他扶著徐容起身，她看起來鎮定多了。

「爸！」徐禮喊著，他只是想要一個真相。

「徐禮，」而徐容拿下太陽眼鏡，她的雙眼並沒有紅腫，而是臉頰邊瘀青了一塊，「媽是被鬼殺死的。」

強風吹了過來，徐容的長髮因此被吹動，露出了她額頭的那道傷疤。

徐禮幾乎忘了徐容臉上有那樣的疤痕，但這個瞬間，他對徐容所說出的話更加震驚。

從她的眼神他知道，她，對徐懿的謊言深信不已。

＊

一早，他可以感受到家裡面有種不尋常的氣氛。

徐禮打了哈欠，喝著牛奶，而一旁的徐欣一邊看著電視，一邊吃著吐司夾蛋，徐容則喝著巧克力牛奶，雙頰鼓鼓地坐在嬰兒用椅上。

「媽，妳今天會送我們去學校嗎？」徐欣喊著。

而李欣容和徐懿從書房走出來，看起來行徑怪異，李欣容似乎還有些發抖，她推了一下眼鏡問：「怎麼了？有什麼特別的事情，要送你們去學校嗎？」

徐欣指了電視新聞，正在播報昨天被偷走的錢的後續報導：「我們學校遭小偷了，今天外面一定很多人。」

徐禮拿起吐司沾了花生醬，小口吃著，一邊看著電視新聞，然後開口說：「不要為難爸媽，徐欣，我們可以自己去。」

而徐懿雙手不斷冒汗，不斷在西裝褲子後擦著，徐禮嘴中的吐司烤焦了不少地方，這是李欣容過往不可能會犯的錯，但今天，徐禮可以明白他們的不安與怪異行徑，這是難免的。

「不，說得沒錯，今天送他們去上課吧。」徐懿的聲音都在顫抖，這讓徐禮有點小擔心。

「但是……」李欣容轉身，低語。

「今天我們若沒出現，會很奇怪。」而徐懿也小聲地回，也許在客廳的徐欣聽不見，但是在餐桌的徐禮可是聽得很清楚。

他拿起杯子，再喝了口牛奶，隱藏在後頭的嘴角，微微上揚。

許久沒有一家五口一起出門，他們先是把徐容送到了私人保母那邊，而後才將兩個孩子送到國小，果然如徐欣所說，越靠近國小，人越多。

馬路兩旁停滿了SNG的採訪車，還有不少記者與攝影師在校門口攔截學生與家長，而坐在後座的徐禮看見，副駕駛座的李欣容將手放到了徐懿的大腿上，輕輕拍著安撫。

沒想到在這種時候，李欣容會比徐懿還要冷靜。

「如果他們來問我，我要說什麼，好緊張！」徐欣幸災樂禍的，徐懿從後照鏡瞥了徐欣一眼，想開口說什麼，但又閉上嘴。

「徐欣，什麼都不要說，他們如果找妳，如果老師問妳，妳就安靜，什麼都說不知道就行了，懂嗎？」李欣容轉過頭，雙眼認真看著她。

「為什麼？」徐欣歪頭。

「聽我的話，明白嗎？」李欣容轉看向徐禮，「看好你妹妹，別讓她太招搖。」

「我知道。」徐禮揚起微笑。

兩個人從路邊下車，而徐禮覺得心情好極了。

雖然門口有很多記者，但在老師們的保護之下，大多數的學生並沒有受到騷擾，而大多的家長也不接受訪問。

當徐禮進到教室後，第一件事情就是把滾輪式書包還給張庭亞，而張庭亞狐疑的看著他，收下了書包。

「徐禮，我有事情想要問你。」下課的時候，張庭亞來到徐禮桌邊。

「我正要去找廖老師。」果不其然，他一來學校就被老師找去。

「那，找完老師以後，我有話想跟你說。」張庭亞看起來很猶豫，「還是，我現在跟你說……」

這件事情，也在徐禮的預想之內，畢竟張庭亞是一個聰明的學生，於是徐禮想了想，決定讓老師那邊等等。

「那我們去後面說。」徐禮說完後逕自走向後門，張庭亞跟上，兩個人來到後走廊底。

平常沒什麼學生會走到廊底，且一望無盡的走廊，就算有人也可以馬上看見，不用怕講話被偷聽。

「說吧！」徐禮轉過身看著張庭亞，露出了微笑。

張庭亞有些猶豫，但還是開口：「昨天你跟我借書包，裡面裝了什麼？」

「我昨天不是告訴妳了？」

「我昨天覺得你在開玩笑，可是現在……是真的嗎？你為什麼要告訴我？」張庭亞扭著手指，臉色發白。

「因為妳在對的時間，告訴我了非常重要的事情，又借了我非常合適的東西。」徐禮聳肩，「加上我知道，絕對瞞不過妳，因為妳很聰明啊。」

「所以那個錢……真的是你拿的？你怎麼有辦法做到？你又為什麼要拿？」

「我不會告訴妳怎麼做到的，那妳呢？」

「什麼？」

「妳會告訴老師嗎？」

「我……我會，你不能偷東西，那是大家的錢啊……」張庭亞正氣凜然，握緊雙拳，雖然害怕，但是卻不畏懼地看著他。

「妳領獎學金的，不會知道我們學校收多少註冊費用吧？平常有事沒事還要額外繳一些學雜費用，我們學校很有錢，賠得起那兩百萬。再來就是，家長們也很有錢，不會連再一次的兩萬都出不起。」徐禮想了想，「而且學校應該有保險，所以我沒有傷害到誰。」

「但是我看見陳老師在哭……」張庭亞咬著下唇，「我要告訴老師，是你拿走的。」

連張庭亞的反應，徐禮都猜到了。

「妳不是想去畢業旅行嗎？」所以他這麼說，「妳的滾輪式書包，我放了五萬在裡面。」

「什麼？」張庭亞摀住嘴。「你為什麼要……」

「五萬對大多數的學生家長來說不算什麼，但是對妳來說很重要吧？不只畢業旅行，就連妳弟弟、妹妹的畢業旅行也有錢了，更別說妳可以留著，以備不時之需。」

「你是在……在賄賂我？」張庭亞不可置信，「你想把我變成你的共犯？」

「我沒那麼說，我那是答謝妳，當然妳也可以拿著那五萬塊去找老師，完全是現有的證據，我無話可說。」徐禮聳聳肩，「所以全由妳決定，妳好好想想，我要先去找老師了。」

當他走過顫抖的張庭亞身邊時，他停下腳步，輕輕地說：「這些話妳就當是威脅，聽聽就好，如果妳想獨善其身，當個清高的人的話，那我也認了，但是，我這輩子都不會放過妳。」

張庭亞雙膝一軟，直接跪了下來。

徐禮微笑，離開了後廊。

其實不需要那個威脅，徐禮也知道張庭亞很大的機率會留著那五萬。

你不能考驗人性，只要被生活所逼，只要擁有欲望，無論幾歲，都是爛根。

「報告。」

雖然導師室的門沒有關，站在門口就可以瞧見裡面的兵荒馬亂，但徐禮還是敲了敲導師室的門，裡頭的老師們一見到徐禮，立刻要他進來。

陳老師，這邊指的是徐欣的班導，哭得雙眼發紅。

而另一邊，是另一位教徐禮數學的陳老師，她也掉著眼淚。

兩個陳老師都在哭，但同時她們的雙眼也帶著深深的疑惑。

「徐禮，你能再說一次，是哪一位陳老師把錢帶走的嗎？」

其實不需要李欣容早上的交代，徐禮也知道，他唯一該說的話就是：「我不知道。」

他如何拿走那兩百萬？

首先，他刻意找了陳老師提到徐欣的事情，而且他知道廖老師愛聊天的個性，所以到這裡都不困難。他只是適當的提起了這些日子搞得社會人心惶惶的運鈔車搶案，再隨意用孩子天真的口吻提到：「如果學校的錢被搶走了就糟糕了。」

廖老師當下當然訓斥徐禮別亂說話，不過她們也開始杞人憂天，打了電話給旅行社詢問若是錢在途中被搶去，該怎麼辦？

旅行社有保險，學校也有，銀行更是有。

其實後續發生的事情，並不在徐禮預想之內，他原先只是想知道錢放在哪，有哪些人能夠打開而已。

而多事的廖老師提到能分批帶去銀行，這對徐禮來說更是方便，所以他幫著手受傷的廖老師抱著裝有兩百萬的旅行袋，來到了地下室。途中，他們遇到了教數學的陳老師，她順口問了在做什麼，而廖老師提到她們的計畫，陳老師也說了願意幫忙，但廖老師卻說了已經有陳老師了。

就是在這個瞬間，徐禮想到了這點子。

於是趁著廖老師和陳老師在聊天時，他跑回了導師室，而陳老師——徐欣的班導——她正在將剩餘的兩百萬放到旅行袋之中。

「廖老師呢？」陳老師一見到徐禮便問。

那些白花花的錢就在眼前，徐禮嚥了一下口水，「我們剛剛遇到陳老師，他們現在在下面處理。這件事情，陳老師說想幫忙，廖老師不是還說，那就交給陳老師吧。」

「咦？是這樣嗎？」陳老師回。

「對了，陳老師，那天徐欣打破的馬克杯，她好像很喜歡，之後一直鬱鬱寡歡的，所以我想送給徐欣一樣的馬克杯，早上在網路上訂了一個。」徐禮說著，「因為是三小時快件，我平常和徐欣吵吵鬧鬧，不想讓她知道我做了這些，所以想麻煩老師幫我去外面的便利商店取件，偷偷放在她桌上可以嗎？」

「你真是一個好哥哥，但是這些錢我還是要親自先交給陳老師比較安心。」陳老師說。

「那我想先把錢放到保險櫃裡面，不然這樣好危險。」徐禮提議。

「說得也是。」陳老師將旅行袋放回保險箱之中，並闔上了蓋子，但卻沒上鎖密碼轉盤。

「那我去找陳老師上來。」徐禮捏緊著手，想盡量表現得自然，卻覺得口乾舌燥。要是廖老師和陳老師這時候一起上來，那就不好了，所以徐禮想著要用什麼藉口單獨帶陳老師上來。但彷彿連天都在幫他，陳老師一個人上來了。

「啊，陳老師！」陳老師伸手朝徐禮的後方打招呼，他回過頭，瞧見了另一個陳老師。

「妳在準備啦？」陳老師正準備踏入辦公室，徐禮馬上旋身，朝這位陳老師說。

「陳老師，廖老師還在下面呀？」徐禮插話。

「是呀，她要顧錢，但忘記拿手機了，所以我上來幫她拿。」陳老師說著。

真是天助我也。

徐禮如此想。

「那這樣我拿下去就好了，廖老師剛才不是說了，交給陳老師就好了嗎？」他故做天真，而兩個陳老師都點頭表示明白。

中文，是很奇妙的東西，有人說眼見為憑，耳聽為憑，然而，有時候，人都會被自己的大腦所騙。

當認定了某一項事物之時，聽到一些模稜兩可的話時，會很自然的帶往你所相信的方向。

就像是，兩位陳老師在徐禮引導之下，都以為他口中的「陳老師」是在講對方。

於是，當徐禮對著教數學的陳老師說：「陳老師，那我先下去找廖老師。晚點見。」

而她回應：「好，但我要先回我的辦公室拿東西。」時，她以為的意思是，今天下午第一堂課，是徐禮班上的數學課，所以她認為徐禮說的晚點見，是在教室見面。

然而聽在徐欣的班導，陳老師耳裡，卻是：「等等他們要一起把這一袋錢帶下去，所以才是等等見。」所以她想陳老師就在隔壁，於是放心地先外出去幫徐禮取貨。

陰錯陽差的誤會之下，這袋錢就這樣來到徐禮手中。

他有些顫抖，但卻不是因為害怕，而是興奮。

事情能如此順利，連他都不敢相信，兩百萬的重量他還提得動，但他的家人卻撐不起來。

稍早，他已經用排球把走廊的監視器打歪，他即便直接走出去也不會被人注意到，就算被看到了，他也還能說只是先拿著，反正只要不是錢不見了後，被發現在他身上，那就一切都沒問題。

所以他必須很小心，動作也必須很迅速，他按下開鎖鈕，旅行袋就出現在他眼前，於是他拿出袋子，走到了導師室的後廊，確定監視器拍不到後，才將袋子往外頭花圃丟去，然後兩手空空的離開了導師室。

接著他帶著借來的滾輪式書包，將錢都裝進去後，把旅行袋丟在原地，並暫時將書包藏在外掃區的掃除用具櫃中。

然後才趕緊拿了手機下去地下室找了廖老師，他們又在下頭閒聊了一下，廖老師說著他該快點回去上課，而當徐禮上來後，發現了老師們發現錢不見正一片亂，而陳老師出去取貨還沒回來，教數學的陳老師也正好不在，而後就是警察來到學校了。

所以此刻，當所有老師們問他，是哪一位陳老師的時候，徐禮只能回答：「不知道。」

因為他品學兼優，因為他才十一歲，因為他是好心幫忙，因為沒有一個孩子會偷兩百萬而不被發現。

所以除了張庭亞，沒人知道，而也不會有人知道。

徐禮回到了教室後，看見張庭亞坐得筆直，專心聽講，而那五萬正安放在她的書包裡頭。

從此，他們兩人再也沒說過任何一句話。

至於那筆錢，是怎麼讓父母收下，老實說這件事情，比偷錢更讓徐禮傷腦筋。

但最後他想，無需想太多，人性永遠不是你需要擔心的。

所以徐禮將那兩百萬……正確來說，是一百九十五萬，直接放在徐懿的書房，稍晚當他們回家後，看見了那些錢，似乎有爭執一下、討論一下、掙扎一下。

最後，他們安靜了。

徐禮站在書房外偷聽，知道他的父母，那總是說著誠實多麼重要，助人為善多麼重要，以及窮也要窮得有志氣等偉大話語的父母，在這種時候，也是會收下了那不知名的錢。

當晚小學失竊兩百萬的新聞，讓他的父母知道了錢的由來，但他們什麼也沒問，就這樣安安靜靜的。

就連張庭亞，都還會問呢。

徐禮一面吃著水果，一面想著，也許孩子們遠比大人想像的更加勇敢，也更加聰明。他幫上了家裡的忙，而且不是接送徐容這種小兒科的事情。

有了這兩百萬後，把員工的薪水發一發，並且多了一點體恤金，徐懿的工廠又繼續撐下來了。偷錢這件事情便不了了之，但兩位陳老師以及廖老師都被調職到其他學校了。

升上六年級後，為了能考上私立國中，徐禮十分認真學習，某日徐欣撿了貓回來，家裡也就養了下來，徐禮對小動物無感，只是時常在半夜去廚房喝水時，被牠反射的發亮雙眼嚇到罷了。

但某日他補習回來，見到家裡亂七八糟的，那隻貓死了。

李欣容沒跟他說原因，只知道連徐欣的朋友，方儀都受傷了，還送到了醫院。

徐欣要去探望都被阻止，徐懿只要他們三個小孩都待在家裡面，不准出去，也不准開門。

從那次事件後，李欣容就變得很奇怪，甚至直接幫他們請假，不准他們去學校和補習班。

「妳是做了什麼好事？」徐禮十分不高興，如此詢問徐欣。

「我哪有，是小黑……」徐欣哭著。

「還在小黑。」徐禮翻了白眼，正要再多說什麼時，李欣容他們回來了。

「你們快去準備行李。」李欣容吩咐兩個大孩子。

「為什麼？我們要去哪？方儀有沒有好一點？」徐欣急迫的問著，但李欣容卻些些退後。

「快點，去整理行李。」她看起來像是在害怕什麼，但卻又帶著絕對的威嚴，於是兩個孩子不敢再多問。

徐禮一面將必需用品放入行李箱，一面想著，難道是徐懿的生意還是失敗了，現在全家要跑路了嗎？

所以他又跑到了書房想找找看有沒有什麼關聯訊息，卻被李欣容發現。

「你在這邊做什麼？」

「沒有，我只是想說爸有沒有需要幫忙。」他嚇了一跳，趕緊把電腦螢幕關掉。

「沒有你需要操心的地方，你爸等等會回來接我們。」李欣容進來拿了一些帳本。

「爸的公司還好嗎？」徐禮問，而李欣容一愣，回頭看著他。

「為什麼這麼問？」

「因為……我們這樣忽然像是逃難一樣離開家裡，感覺好像……」徐禮老實說。

「你爸公司沒事，但……」李欣容欲言又止，看了一下外頭，立刻說，「反正快收拾好，我們暫時不會回來這屋子了。」

李欣容走出書房往左轉，而另一個人則慢慢從右邊走了過來，站在書房門前，她狐疑轉過頭，看著徐禮問：「所以為什麼要搬家？」

「誰知道，徐欣，妳整理好了嗎？」徐禮嘖了聲。

「整理好了。」徐欣走進書房，才注意到徐容也跟在她後面。

三個孩子就這樣聽話地整理行李，但是誰也不知道發生什麼事情。

一家人下午出發，長途的車程讓徐欣和徐容都睡著了，徐禮也閉上眼睛休息，卻隱約聽見了父母的耳語。

「妳說那師姐提供的房子可信嗎？」徐懿的聲音不太確定。

「可以信得過的，否則現在，我們要去哪找臨時的房子？」李欣容的聲音聽起來很緊張，「放心，這位師姐我見過好幾次，她人很好。」

徐懿沒有回話，徐禮也沒有張開眼睛。

抵達時已是傍晚，他們來到一個偏僻的地方，眼前豎立著三層透天厝，徐禮他們從來沒住過獨棟房子，好奇地看了看。

然後一切，都在搬進那個家以後，開始亂了。

首先，他們轉學了，但即便轉到公立國小，徐禮還是想考私立國中。

所以他時常都在補習班念書，加上他大多的關心都放在徐懿的生意上，因為他認為徐懿的生意好，那一整個家就沒問題。

所以等他有一天在飯桌上忽然注意到，徐欣身上怎麼有瘀青時，才發現徐欣已經不再是以前那調皮愛笑的妹妹，甚至連徐容也看起來隨時都很害怕的模樣。

「妳們是怎麼了？」他問，而徐容滿臉淚水，看著他。

「有鬼……」徐欣並沒有說話，但她的嘴型說了這兩句。

「妳有事嗎？」徐禮忍不住翻了白眼。

「是真的，有鬼……」徐欣哭了起來，徐容的小手在她身上拍著，像是在安慰。徐禮拉起徐容的手，並把袖子往上拉仔細端詳，什麼傷痕都沒有。而他換拉起徐欣的手，有著大小不一的瘀青。

「誰打妳？」徐禮皺眉，一開始，他以為徐欣在學校被人欺負。

「徐禮，快點把飯吃完。」然而李欣容忽然從後方喚聲，讓他嚇了一跳。徐欣也趕緊低下頭，趕緊將袖子拉下，並吃著碗裡的飯。

「媽，徐欣的手……」

「她跌倒了。」李欣容淡然地說著，並來到流理台邊切著水果，「快點吃完，等等吃水果。」

徐禮看著眼前這一幕，覺得十分怪異，但從以前父母就比較疼愛兩個妹妹，所以如果李欣容會打徐欣的話，想必她一定犯了什麼大錯。

他並不過問，相反地，當他看見徐欣這樣害怕的模樣，他覺得有些高興。徐欣太囂張了，需要受到一點點教訓，一點點就好。

很奇怪，徐禮明明是當時最大的孩子，但是他對於那一天的事情卻十分模糊，跟徐容沒兩樣的模糊。

他只記得事情發生的前幾天，徐懿和李欣容吵架的次數變得頻繁，聲音大到似乎不再掩飾，導致他們三個孩子都聽得見。

徐懿的生意又出問題了，這次支票跳票，比上次還要嚴重。

徐禮沒辦法再幫忙了，公立學校不會有那麼大筆的金額，就算有，徐禮也不可能再冒險一次，他一邊心急，一邊又覺得徐懿有些沒用。

一次就算了，還引發兩次危機，到底是怎樣？如果是自己來經營公司，一定能做得比徐懿還要好。

在他十二歲的腦袋之中，時常如此自負的這麼想。

那一天，徐禮在廚房倒了熱水後，準備回到房間念書，但卻從廚房窗戶看見徐欣站在院子，他出於好奇多看了幾眼，發現徐欣正拿著小樹枝打著自己的身體，並且還捏了自己的手腕好幾下。

「妳在幹什麼？」他朝外頭的徐欣喊，但她只是一愣，然後嚇了一跳般逃走，徐禮立刻打開廚房後門，朝徐欣的背影大喊：「妳在耍幼稚嗎？在自殘？回來，徐欣！」

但徐欣已經跑遠，他看著這個不受教的妹妹，也許是搬過來以後，李欣容明顯不再特別偏愛徐欣的關係，導致她想做一些怪異的事情吸引李欣容的注意。

他決定這件事情晚一點要和李欣容跟徐懿報告，想起這些日子來，徐欣身上的傷痕大概都是她自己造成的，他就忽然對這個妹妹感到頭痛。

當他爬上樓梯要回自己房間時，看見徐容一個人坐在二樓小客廳看電視，面無表情地，他才忽然想到，徐容最近也很少笑了。

「妳怎麼一個人在這邊？」徐禮站在旁邊問。

「看電視。」徐容比了電視，明明播放著她最愛的卡通，徐容卻反應平淡。

「怎麼沒跟徐欣一起玩？」

徐容用力搖頭，曾經最喜歡黏著徐欣的她，會有這樣異常的反應，徐禮覺得有些不可思議。

「怎麼了嗎？她會欺負妳？」他想起徐欣剛才打著自己的畫面，「還是徐欣也會打妳？」

徐容用力搖頭，「她都會說一些奇怪的話。」

「什麼話？」徐禮坐到徐容身邊。

「她說有人，看不到的人。」徐容抬頭看著徐禮，圓滾滾的眼睛有著恐懼，「好可怕。」

在他沒注意的時候，這個家發生什麼事情？

他拍拍徐容的肩膀，「不會有事情的，妳不要理她，我今天晚上會跟爸媽講。」

「徐欣好可怕。」徐容塞進了徐禮的懷中，不斷顫抖。

徐禮安撫著她，徐容出於安心而睡著了，於是徐禮拿了小毛毯將她蓋好被子，正準備進去房間念書時，聽見了有人爬上樓梯的聲音，一回頭，便看見徐欣從樓梯上來，然後停在拉門後面看著他。

「徐欣，妳要不要解釋一下？」徐禮嘆氣，準備拿出哥哥的威嚴。

然而徐欣卻先哭喪著臉，看起來十分害怕，從拉門後面跑過來，「徐禮，救救我，媽會打我！從搬來這邊以後，她就會打我！」

徐欣把她的袖子拉起來，滿滿都是瘀青，徐禮覺得不可思議，難道她假裝剛才沒發生任何事情嗎？他明明就看見是她自己製造假傷痕，現在卻光明正大地拿來誣陷李欣容？

「妳自己乖一點，我功課很忙妳不要吵，妳沒瞧見媽為妳操煩多少嗎？還有，拜託有個姊姊的樣子，不要總是對徐容說些怪話好嗎？」徐禮不想將話講明，於是拐著彎提醒她。

徐禮邊說邊往房間走，但是徐欣跟了上來，一面說著怪話，又說要大家一起去廟裡拜拜等怪力亂神。

「不要再來吵我了！我明天要考試！」徐禮將徐欣推出房門，但徐欣卻忽然尖叫。

「不！徐禮！她在裡面，有東西在裡面！那個小女孩，她在那邊！」徐欣居然指著自己房間的桌上，這讓徐禮在感到害怕前，先感覺到滿腔怒氣，

「徐欣，妳真的發瘋了喔！在哪裡？指給我看！」徐禮氣得將她拉進房間，要揭穿她的謊言，對付這樣的人，就得要震撼教育才行，「快啊！我給妳個機會，告訴我鬼在哪邊！叫她出來讓我看！」

而徐欣根本不進來，只是歇斯底里的亂叫，這讓徐禮更是煩躁，同時也懷念起以往那個愛頂嘴的徐欣。

「徐欣！我受夠妳了，別再讓我聽到什麼鬼不鬼，去廟？妳去看醫生比較快吧！」說完，徐禮粗魯地將徐欣摔出門外。

然後為了不想再聽到徐欣的怪話，他戴上了耳機，將音樂放到最大聲，專心地念著書。

再來，發生了什麼事情？

他聽見一個巨大又沉悶的聲響，所以他拿下了耳機，聽見了外頭恐怖吼叫，忽然一股強烈不安與恐懼蔓延，他顫抖著，來到房間的窗邊，然後打開窗戶。

他聽見了徐懿痛苦的哭喊，聽見了徐欣的尖叫聲。

然後他往下看，見到了穿著白色洋裝，肢體扭曲，倒在血泊中的李欣容。

＊

臉頰上有著溫熱的觸感，徐禮因此而驚醒，在漆黑的房中，他看見了床邊有著一個女人，他正撫摸自己的臉。

徐禮因為驚嚇而甩開女人的手，並且立刻要往後跑，但是那女人率先開了燈，他見到的是淚流滿面的沈百蟬。

「妳、妳怎麼……」徐禮搞不清楚狀況，為什麼沈百蟬會忽然出現。

然而下一秒，沈百蟬直接抱住了徐禮，在他耳邊哭泣著，徐禮不明所以，但下意識地還是抱住了沈百蟬。

「不要哭，妳怎麼了？」他輕拍著她的背。

「我聽說了，你妹妹的事情。」沈百蟬哭著，「我從來不知道你有妹妹。」

「我沒說過。」徐禮皺眉，「妳怎麼會知道？」

「因為你爸爸打給我。」沈百蟬的話讓徐禮一愣，她立刻抓著沈百蟬的肩膀，看著她的雙眼。

「他打給妳做什麼？」徐禮無法接受。

「他問了我們的近況，還有說要給我們一筆錢……」

徐禮無法接受，這麼多年了，現在才要表現得像個父親嗎？

於是他立刻拿起手機，二話不說地要打給徐懿，也不管現在的時間多晚。

「喂……」徐懿的聲音混濁沙啞，伴隨著眾多的吞嚥聲，徐禮在這彷彿都能聞到他的酒味一樣。

「不要調查我的事情！不要找上我的女朋友！」徐禮吼著，「不要在徐欣走了以後，才忽然要盡一個父親的責任！」

「徐欣……是我和你媽做錯了，在那時候，我們就應該要告訴徐欣那是錯的，後續一連串的事情……都是我們的報應……」然而徐懿卻沒頭沒尾地說了這些話。

「你在說些什麼？什麼報應？」

「你媽和徐欣那些怪異的行為，要是當時我們沒收下那將近兩百萬的龐大金額……或許就不會發生了。」徐懿悲傷地哭了起來，而徐禮卻愣住。

「那錢關徐欣什麼事情？」

「當年你們學校遺失的兩百萬，是徐欣偷的。」然而徐懿的話，讓徐禮震驚萬分，他瞠目結舌，而沈百蟬見著他這樣，握著他的手著急。

「你在說什麼……爸？為什麼會認為是徐欣偷的？」

「因為只有徐欣會那樣……徐欣才……」

一股由衷的悲傷與怒氣，從徐禮深處竄出，他大吼著：「那兩百萬是我偷的！是我放在你們書桌上！是我幫你們度過了難關！不是徐欣！一直以來都不關她的事情！」

這句話讓沈百蟬倒抽一口氣，雖不明緣由，但她還聽得懂偷了兩百萬這樣的話。而電話那頭的徐懿傻愣許久，顫抖又不可置信的說：「所以當年是你……不是徐欣？你為什麼什麼都沒告訴我們？」

「你們有問過嗎?!你們不是把那兩百萬拿去給員工了？那兩百萬幫我們家度過了難關！是我幫了我們家！我可以做到，才十一歲的我可以偷走兩百萬幫我們家，沒道理現在的我需要你的施捨！」說完以後，徐禮掛掉了電話，並把手機用力往牆壁一扔，應聲碎裂。

他喘著氣，並抓著自己的頭，忽然眼淚就這麼迸出來，他伸手要擦，卻發現自己早就淚流滿面。

他氣憤地摔爛了屋內的所有東西，沈百蟬在一旁發抖卻又無力阻止，直到最後他筋疲力盡，一臉狼狽地縮在了房間的角落，抓著自己的頭髮，最後將臉埋到雙膝之間，痛苦的哭喊。

這些年來，他特意想遺忘的那些，身為長子，他唯一做到的就是幫助家中度過第一次難關。他一直以此為自豪，所以對於後面種種家中異狀，他沒有第一時間注意到，他也能用這一點安撫自己，至少我曾經，幫過我們的家庭。

但是徐懿與李欣容卻一直認為是徐欣做的，是徐欣幫了這個家。同時，又因為收下將近兩百萬的龐大金額而認為後續都是報應。

不是，是他沒有儘早察覺，明明他都待在家裡，卻沒注意到，才導致一切發生。

「徐禮……」沈百嬋小心翼翼地來到徐禮身邊，看著這個瀕臨崩潰，像個孩子般哭泣的男孩。

「這一切都是我爸的錯，他殺了我媽，他毀了我們一家人，所以徐欣才會被殺死，所以我現在才會在這裡……」徐禮想起了靈堂上的徐容，「不對，一切都沒有改變，我看見了瘀青，但不過問，也不積極，我跟以前一樣，什麼都沒有改變！」

他太痛苦了，把過往的一切都告訴了沈百嬋，雖然這一切超乎沈百嬋的想像，但卻是她覺得這些年來，最接近徐禮的時候。

「我們當年太小了，還是小孩子，我隱約覺得不對，但是卻說不上來。我對爸說的話半信半疑，但是還是小孩的徐欣和徐容，就像是被洗腦一樣，她們堅信著媽媽是被鬼殺死的。」

「我無法在那樣神經病的家庭生活，我無法和殺了我媽的兇手同住屋簷下，所以我逃開了，永遠逃開。」

「我恐懼，恐懼婚姻，我爸媽也曾經十分相愛，他們事業成功，最後卻發生這樣的事情，何況我現在什麼都沒有。」

他抬頭，看著眼前的沈百蟬，淚流滿面：「要是有一天，我也殺了妳，怎麼辦？」

「你不會殺了我。」沈百蟬抱住了他，親吻他的臉頰，「你有時候真的好奇怪，到底救了大寶的那個溫柔的你是真正的你。還是在後巷吵著要我還錢的你是真正的你？又或者是現在這樣，把一切怪罪給別人，但卻像個害怕的孩子一樣縮在角落的你才是真正的你？」

「我不知道，我自己都不知道。」他哭了起來，哪個孩子會在十一歲偷錢，他知道自己有問題，但他害怕面對自己的問題。

所以連帶著，他也不敢愛人。血緣基因會遺傳，也許在他心中，或多或少相信徐欣所說的，李欣容真的打過她。但同時，他也相信自己所看見的，徐欣傷害了自己，博取徐禮的信任。

他們一家人，在那間屋子，到底出了什麼事情，會如此互相傷害？

「你剛才在夢裡面，哭喊著你的媽媽。」沈百蟬抱住了他，輕輕說著，「你不是你的爸爸。」

*

杯子已見底，徐禮搖晃著，那咖啡香氣依舊繚繞，不曾散去。

「最後你與沈百蟬開設了咖啡店，平平順順地過了一輩子，是吧？」陸天遙在本子上寫著。

「嗯，雖然沒賺很多，但生活愜意，我們在臺灣東部開設的，每天開門都是新鮮空氣與遼闊的自然景觀，非常舒服。」徐禮再看了一下杯底，依舊沒有咖啡。「不會再盛滿了嗎？」

「不會了，因為已經說完了。」陸天遙微笑著。

他們兩人位在偌大的圖書館之中，徐禮一睜開眼睛，便已然在這，坐在木頭椅子上，前方的小桌子放著多種手沖咖啡的器具，而眼前的年輕男孩，要他說起自己的故事。

於是，他一面沖著咖啡，一面講完了這段過往。

他也不知道，為什麼會講出這些話來，只是他覺得好安心。

從虹吸式咖啡壺的玻璃倒影之中，他發現自己是年輕的樣貌，而身體也很輕鬆，講這麼多話，一點也不會累。

所以其實，他意識到了這是哪。

「如果我死了的話，那，你也早見過徐欣了吧？」他說出口，陸天遙並沒訝異他已然猜到。

「事實上，你還沒死，人還在醫院急救中，只是彌留之際，先行來到了這。」陸天遙拱手。

「是這樣嗎？百蟬都還活著，我可不能先死啊……」

忽然有些天搖地動，徐禮一愣，左右張望。

「看樣子你被救活了，要醒來了。」陸天遙起身，來到徐禮身邊並比著門外，「所以你該離開了。」

「這樣就可以走了嗎？」他跟著起身，覺得身體逐漸沉重，從反射的窗戶可以看見，自己的面容也逐漸衰老，像是以前的徐懿一樣。

「是呀，故事也都講完了。」

前方的門開啟，外頭是一片耀眼的金色光芒，徐禮瞇起眼睛，看不見前方有什麼，倒是陸天遙絲毫不被影響，手抵在徐禮背後，引導他向前。

在徐禮被推出門的時候，他頓了腳步，回過頭看著陸天遙問，「那我爸和徐容呢？他們來過了嗎？」

陸天遙微笑：「他們來過了。」

「他們說了什麼？我爸承認了嗎？是他殺了我媽，對吧？」他迫切地想知道這真相。

「為什麼這麼說呢？」陸天遙微笑。

「因為我看見了，我爸在布置現場，讓它看起來像是有強盜入侵過。」

「你該回去了。」陸天遙將他用力往前一推，徐禮消失在光芒之中。

而圖書館的大門猛然關上，一切恢復平靜。

陸天遙轉身，慢條斯理地將徐禮的本子闔上，轉身要往一旁的書櫃上放。

然而那扇白色大門又倏地出現，黑貓在一旁翹起尾巴，不斷喵叫。

「你真是……等不及啊。」陸天遙沒辦法地說道，想了一下後，將徐禮的本子放在自己的手上，而伸手拿了另外兩本——徐懿、徐容——他們比徐禮早來好久。

「可以開門了吧？」白色的門後傳來另一個男聲，「故事都蒐集完畢了。」

「還沒，我還要整理一下。」陸天遙走回自己的大書桌，而黑貓哼哼叫著。

「你做事真是不乾脆。」白門後面的人說，「但我不介意再等一下。」

陸天遙打開了徐懿的簿子，瞇起眼睛。

「反正，還要我這邊這一本，才是完整。」白門後的人說。

第三章

徐懿

「我死了嗎？」徐懿站在一望無際的荒涼之中，周遭全是白，就連他自己身上，穿著的都是白色西裝。

忽然周遭的景色劇烈晃動，像是立體投影機一樣，不斷的搖晃著，接著出現了一整片湛藍，豔陽高照，甚至有海鷗劃過，徐懿抬頭看著海鷗飛往的方向，然後瞧見了前方的白色拱門，一對新人正站在那交換誓言。

他熱淚盈眶，這是李欣容與自己的結婚典禮，兩人都穿著象徵純愛的白色禮服，當時他們辦在東岸的海邊，宛如外國婚禮一般的場景，李欣容的臉蛋洋溢著喜悅，以為幸福快樂會是永遠。

「欣容……」他要上前將李欣容擁抱在懷中，但畫面卻轉瞬消逝，又變回了他們婚後生下了三個孩子，並且住在大廈裡面。

一家和樂地在客廳看著電視，徐容和徐欣在沙發上跳著，徐禮則要制止，但卻也忍不住地跟著玩了起來。

「啊啊……」那是他們家庭最快樂的時期，公司生意順遂，三個孩子乖巧又有禮貌，李欣容曾夜夜趴在他的胸口，訴說著王子與公主的幸福童話，大概就是如此。

徐懿潸然淚下，無法自已，他把手埋在臉上，任憑淚水沾濕。

他知道再來會是什麼畫面，會是那棟屋子，如果可以不如就停在這了，別再向前，別再讓他回憶起了。

周遭再次失去了聲音，回到了一片白茫，那棟白色的透天厝，就佇立在正中央，周圍泛起了白色的霧氣，宛如恐怖電影一樣，那是屬於殺人魔的屋子般。

徐懿深吸一口氣，也許該來的還是要面對，他逃避了一輩子，甚至用謊言欺騙了孩子，連帶欺騙了自己。

於是他起身，艱難地踏出了第一步，褲管的白色西裝頓時變成深藍色的牛仔褲，上衣的白襯衫也轉為灰色POLO衫，腳上的白色皮鞋變成了黑色布鞋。

而當他來到那棟白色屋子時，他抬頭看了三樓的窗戶，那完好如初，並無碎裂。而他所站立的院子邊，也沒有李欣容的屍體。

徐懿開始渾身顫抖，開了門以後，他會見到什麼？

「喵～」黑貓不知何時出現在大門前，徐懿一愣，發現大門竟然開了一個細縫，黑貓溜進了那細縫，還停了下來轉頭看他，然後捲了捲尾巴，要他跟上。

在這荒蕪之中見到了活物，他出於本能地跟上，內心的恐懼也稍稍減緩了些。

推開了門，一陣暖風襲來，伴隨著屋內的燈光，徐懿瞇起了眼睛，再睜眼仔細一瞧，自己身在偌大的圖書館之中。

「咦？」他明明是進去了那棟屋子裡頭，怎麼會來到圖書館？

黑貓盤坐在前方的大桌子，空無一人，徐懿晃了一圈，發現書櫃上的書籍，是他從來沒見過的，不是世界名著，也不是什麼古書，雖全寫著中文，但似乎都是人名，他伸手想拿起其中一本。

「哎呀，請不要亂碰。」忽然一道聲音從後方響起，他嚇了一跳趕緊回頭。一個穿著全身漆黑的年輕男人從另一個書櫃後探出頭來，他正在將手上的書本歸位，而黑貓跳到了一旁的沙發上，喵喵叫了幾聲。

「不好意思，我沒看見有人。」徐懿說著，「你是這裡的管理員嗎？」

「不是這裡的管理員，但算是這座圖書館的擁有者吧。」陸天遙笑了笑，放妥了書，來到那張大桌子前。「我沒料到你這麼早就到了。」

徐懿聳肩，「這裡是……陰間吧？」

「嗯……不算是，但也算是吧。」陸天遙搖搖頭，比了比後頭，雖然後方也是一大片連接至天花板的書櫃，但想必陸天遙指的是方向，「要到後面去，才是真正的陰間，什麼牛頭馬面、黑白無常、閻羅殿的，都在那後面。」

徐懿一陣戰慄，嚥了嚥口水，「所以，我該往哪走？」

「你似乎不是很驚訝自己死亡。」陸天遙好奇。

「遲早的，我酒喝成那樣，哪天猝死都不意外。」徐懿自嘲地笑了笑。

「聽起來，是你有意而為之啊。」陸天遙摸著下巴，轉身從書櫃上拿下一本暗紅色牛皮的本子。「但你不是因酒精猝死，而是喝醉了平躺著，然後被自己的嘔吐物給噎死的。」

徐懿聳肩苦笑。

「這是你有計畫性的死亡嗎？」

「……」徐懿沒有回話。

「但算了，總之在去陰間以前，你要先待在這裡。」陸天遙微笑，將本子打開，開始磨墨。「告訴我，你們徐家的故事。」

「什麼？」徐懿一愣，頓時，他的身旁出現了用白色的花與布裝飾的四角椅子，一旁的小圓桌放著香檳以及三明治、司康等食物。

他不可置信地看著平空出現的擺設，這些東西，都是他婚禮上曾出現過的。

「普通人呢，死亡以後，會直接前往陰間報到，然後得知自己再來是去地獄、去天堂、或是投胎、或是直接任職個什麼角色。」陸天遙緩緩磨著墨，聲音輕柔說著，「少部分的人呢，在前往陰間前，會先來到這裡，提供故事給我。」

「什麼？」

「這裡，喜歡蒐集人的故事，無論悲傷快樂，都喜歡。」

「為什麼？」徐懿驚呼。

「因為這裡是圖書館啊，陽世不也有圖書館嗎？充滿了各式各樣的故事。」

「這邊的故事，是誰在看的？」徐懿問，而陸天遙則微笑。

「這你就不需要知道了。」他放下墨塊，拿起一旁的毛筆，在白色的宣紙上寫下——徐懿。

「為什麼要我的故事，我並沒有……」

「你的人生，還不精采嗎？」陸天遙泛起微笑，那模樣令人有些毛骨悚然，頓時徐懿明白了。

對他而言，痛苦的人生，也許對觀看者來說，是精采的故事。

就是陽世眾多的電影、小說一樣，主人翁越是淒慘，故事越是血腥，那觀看的人就越多。

同理，在這亦然。只是這裡記錄的，都是真實故事。

「難道……徐欣也來過了嗎？」徐懿問著。

「來過了，但，我不會告訴你她說了什麼。」

「如果你不告訴我，那我就不說我的故事。」徐懿威脅著。

陸天遙挑起了一邊的眉毛，笑了起來，「這還真是有趣呀，有時候會出現你這樣的人呢，以為可以和我談交換條件？」

雖然他在笑，但是卻令徐懿感到冷汗直流，眼前的年輕男孩相貌只是皮囊，他內在是什麼怪物，不得而知，可是卻讓徐懿本能的感到害怕。

但面對能得知徐欣的想法這一點，他必須堅強起來。

「不試試看，怎麼知道？」他喊著，並用力把一旁的香檳推倒。

但神奇的事情發生了，香檳竟然停滯在空中，連同裡面的液體都停下了，他趕緊抬頭，發現周遭除了陸天遙和黑貓依然在原地以外，所有的書櫃以及方才所見的木質擺設全數消失。

再一轉眼，他的腳邊出現了李欣容的屍體，而他三個孩子站在前方，一臉茫然。

「不——」他喊叫，彎腰要抱起李欣容，但畫面像是倒帶一樣，李欣容整個人往上，連同玻璃碎片一樣回溯到三樓，接著再次放映，李欣容從三樓摔了下來，背著地，腦漿噴灑出來，噴到了他白色的皮鞋上。

而他的右邊傳來熱烈的掌聲和鐘聲，他抬頭看去，站在白色拱門下的一對新人，親吻著彼此，穿著婚紗的李欣容說：「謝謝你，給了我幸福。」

然後左邊的李欣容，再一次回溯到三樓，又摔了下來，如此重複。

「不！不不不！停止，停止，我求求你停止！」徐懿哭喊，他的臉瞬間蒼老，回到了留著落腮鬍，面容憔悴的年老模樣。

陸天遙彈指，屬於圖書館的木頭香氣傳來，年輕的徐懿跪坐在地板上，不斷痛哭。

「那，可以說故事了嗎？」陸天遙問著，而徐懿顫抖地抬頭，他的身邊又出現了那白色圓桌，以及白色椅子。

他別無選擇，手扶著椅子撐著身體，艱難地坐了下來。

但是他許久未說話，陸天遙有的是耐心，他慢條斯理的磨墨，任由時光流失。

「徐欣……也曾說著，養了一隻黑貓。」徐懿看著黑貓在一旁打盹，不自覺說了出口。

「是的，來到了這，她也說過一樣的話。」陸天遙拿起毛筆，知道徐懿準備要說故事了。

＊

徐懿出生在不富裕的家庭，正確說起來，應該是貧困人家。

他有兩個哥哥，兩個妹妹，他們手足之間感情還不錯，大哥曾笑著說，正是因為家裡沒錢，所以兄弟姊妹感情才會好。

當時年輕，他覺得大哥講的話是天方夜譚，一種黑色幽默罷了。

但隨著年齡增長，直至父母死亡，他才明白大哥說的話多麼有道理。

大哥在國外經商，而小妹嫁至國外，二哥當兵時在離島，而今也在離島落地生根，四妹離他最近，但並不常見面。

他在一家成衣工廠當業務，雖然賺得不多，但一個人生活還算過得不錯，一天工廠來了新的會計，那便是李欣容，那幾乎是一見鍾情，強烈的直覺告訴他，就是這個女人了。

於是他熱烈地追求了李欣容，同一時間，公司許多人也把李欣容當目標，他自認自己外型雖然還算過得去，但是並沒有優秀到李欣容會在一群人中選擇他。

與此同時，工廠的老闆因為兒子要接他去國外生活，加上經營不善，他便決定收起。

員工們領了資遣費後紛紛離去，但身為會計的李欣容需要堅守到最後，把帳做齊。而徐懿卻下了一個改變他人生的決定，他決定頂下這間工廠。

有人說他瘋了，也有人說他很勇敢，但無論大家怎麼說，所有人都離開了。

徐懿站在空蕩蕩的生產線旁，花光了自己這些年來的積蓄，憑著一股年輕的傻勁，認為這些年所學到的東西，也許可以讓他做出一點點成績。

但他沒想到無人留下，頓時他有些恐慌，怎麼現在該不會是頂下爛攤子了吧？

可後頭傳來腳步聲，他一回頭，看見了李欣容。

「也許，我們可以一起試試看。」當時的李欣容不知道哪來的勇氣，居然願意跟著一個經營菜鳥努力。

但或許，李欣容就是被徐懿那有勇無謀的傻勁給吸引了。畢竟，兩人當時都很年輕。

一開始很辛苦，有時候甚至一個月都沒有收入，但幸運的是勉強能夠打平，一直到有賺錢的時候，大概也過了快兩年。

期間，有多了新的打拚夥伴。也有當時一同工作的人回來幫忙，而不一樣的是，大家不再稱呼李欣容是會計小妹，而是老闆娘。

李欣容對此稱呼沒有抗拒，徐懿也開心在心中，在事業最顛峰之時，他們結婚了，有了童話故事般的婚禮。

說到此處，徐懿抹抹臉，「我們一切都很好，三個孩子雖然也有調皮的時候，但與其他孩子相比，他們非常的聰明。」

時代在變，成衣工廠的事業出現了影響，東南亞廉價的勞工以及中國的低價威脅，這讓徐懿頓時周轉上出了問題。

一開始，他還可以應付，用東去補西，如此重複，但當金額越滾越大，甚至到員工的薪水都有問題時，他和李欣容爭吵的次數也變多了。

「我真不明白，我們把房子和車子賣掉，換小一點的房車，把那些錢拿去應急，有什麼不好的？」李欣容拿著家裡的存款與保險，與他分析，「還有三個孩子的儲蓄險，我們可能都有問題，先解約，把那些錢拿來處理，不是很好嗎？」

「妳不怕是個黑洞，到時候有去無回，孩子們的未來什麼都沒有！」徐懿不想讓孩子吃過自己小時候的苦。

「那又怎樣！孩子有自己的人生，我們本來就不需要留東西給他們啊！」李欣容抓住徐懿的手，「要是現在我們連這關都過不去，那孩子才真的沒有了未來！」

「……總之，我不會同意。」徐懿下定決心。

那段時間他忙得焦頭爛額，員工們拿不到薪水，漸漸蠢蠢欲動，尤其是與他奮鬥多年的莫大哥更是坐不住。

「老徐。」一天，莫大哥點著菸，語重心長的來到他身邊。

「聽說你對徐禮他們說了些不該說的？」徐懿一邊對著進貨料，瞥了一眼。

「是，我敢作敢當，我不是不能共體時艱，但我無法接受你的孩子穿名牌、念私立，然後我們這些員工就拿不到薪水。我們也有家庭要養啊！」

「莫大哥，我知道你的為人，也明白你這些年來的付出，但你真的不該對孩子說那些話。」徐懿放下手中的東西，抬頭看著他。

「那你要不要聽聽，我的孩子對我說什麼？我的老婆又對我說什麼？」莫大哥毫不退縮，「薪水，是最基本的，這已經兩個月沒給了，但我們每個月都要花錢，我們能撐多久？」

徐懿沒有說話，他當然知道為難處。

「我不希望這麼多年來的情誼，最後得走上法院，或是請勞工局還是工會出面。」莫大哥下了最後通牒。

當晚，他又再次和李欣容大吵，一邊一直想變賣房產，一邊則認為那是最後底線。

眼看莫大哥那幾個人根本不願意等到下個月東南亞的大訂單來，他們認為又是一場無謂的等候，不早點離去，只會損失更多。

就這樣，他們想不出任何解決的方法，缺口越來越大，只怕廠商都不願意做。

然而天無絕人之路，當徐懿拖著疲憊的身體回到家時，他來到書房打開電燈，以為自己因為過於勞累而產生了幻覺。

他的書桌上，放著好幾疊千元鈔票。

「欣……」他正要大喊，但卻下意識摀住嘴，立刻進到書房之中，把門關上。

他拿出手機，要李欣容過來書房，而李欣容從廚房走到書房，在外敲著門：「家是有大到你要用手機叫我？現在是……」

徐懿立刻開門，將李欣容拉了進來，並且快速關上門。

「怎麼……」李欣容也看見了桌上的錢，「你哪來這麼多錢？你賣掉了什麼？」

「我沒賣掉任何東西，妳有嗎？」徐懿知道這問題是白問，他們的財產是共有，賣掉任何東西，都必須雙方同意，加上根據李欣容的反應，她也不知道這筆錢是哪裡來的。

「怎麼回事……」李欣容的表情變得害怕，「是什麼陰謀……」

「我早上出門，這還沒東西，今天有誰來過我們家嗎？」

「沒有啊，我接完小容後回來，之後就在做飯，徐欣和徐禮相繼回家，然後就是你……」李欣容回家時還到過書房拿了帳本，她很確定當時還沒有東西。

「總之，這錢不能就這樣放在這。」徐懿說著，趕緊將那些鈔票放到桌子的抽屜之中，一個抽屜還放不下，放到了第二個抽屜。

「等一下，那些錢是哪來的，我們就這樣收下好嗎？」

「妳算一下，我們現在欠了多少薪水。」

「徐懿……？」李欣容不敢相信。

「就算一下。」徐懿咬著指甲，「這筆錢一定是我們家人拿來的，但是從哪來的？」

「你知道自己在說什麼嗎？不是我也不是你，只剩下徐禮和徐欣，他們才幾歲？有可能去拿這些錢？」李欣容提醒。

「是沒錯……」

「爸！媽！肚子很餓，還不吃飯嗎？」徐欣在書房外敲著，下一秒便轉動門把。剛才進來他們忘記鎖門，李欣容下意識要喊別進來，但徐欣已經打開了門，而徐懿正好把最後一疊鈔票放進了抽屜，關上。

徐欣歪頭，看著慌張的父母，「很餓耶，我們要先吃了喔。」

「嗯……好，我們先去吃飯。」徐懿說著，催促李欣容先出去。

當他們一家五口坐在餐桌吃飯時，慣性地轉到了新聞台，而李欣容正餵著徐容吃飯，並沒有仔細看電視螢幕。

「為您插播一則最新消息，臺北市一所私立小學，今天驚傳失竊了兩百萬……」

但電視的聲音卻讓他們一愣，李欣容趕緊將聲音轉大，而徐懿趕緊走到電視邊，仔細看著這則新聞。

原來今天是收取六年級畢業旅行的費用，所以才會有這麼大筆的資金在學校流動，共計原本有將近四百萬，但卻遺失了兩百萬。

「哈，活該啦！」徐欣如此笑著。

李欣容一愣，看著她問：「為什麼這麼說？」

「因為很招搖呀，今天路上都是車子和老師，錢就放在保險箱。」

「妳怎麼知道錢放在哪裡？」徐禮問。

「我看到了啊！我早上去找陳老師的時候，她自己講的。」徐欣呵呵笑著，「對了，陳老師送了我一模一樣的馬克杯耶。」

「陳老師對妳還真好。」徐禮聳肩。

而徐懿和李欣容面面相覷，這頓飯吃得飛快又不知味道，而後他們回到了書房，這一次謹慎地鎖上，將那疊鈔票仔細驗算，一百九十五萬，雖不是兩百萬元整，但這筆錢的來處也有了答案。

「天啊……」李欣容倒抽一口氣，這些錢，是學校失竊的那些。

「是誰偷的？徐禮、徐欣？還是他們兩個？」徐懿頭痛欲裂，看著這些錢，想著自己的孩子。

無論是哪個，他們表現得都和平常無異，怎樣的心態，能夠在偷了這巨款後面不改色？

「以年紀來說，徐禮最有可能……他一直想要幫助我們家，但是徐禮不是會做這樣偏離常軌的事情的孩子，可是徐欣還這麼小……」李欣容哭了起來，而徐懿看著那些錢，又問了：「我們欠員工和廠商的錢是多少？」

「徐懿？你難道要把這些錢……？」

「那我們拿回去學校以後，要說什麼？是誰拿的？你要毀了我們的孩子嗎？」徐懿咬緊牙根，「我不知道妳的想法，但我寧願不要知道是哪個孩子做的。」

「徐懿！」

「快算！我們欠的錢！現在是多少?!」他吼，而李欣容哽咽著，拿出了一旁的帳冊和計算器，粗略估算了兩個月以及下一個月，大約是一百七十幾萬。

「剩餘的錢，把它當作體恤金，發給每個員工和廠商。」徐懿顫抖著，將近兩百萬這筆大數字，居然只能剛好填補他們的缺口。

「徐懿……我們真的要這樣……」李欣容的聲音沙啞又顫抖，她的眼淚掉著，那些錢她看得心慌害怕。

「不然妳有其他的方法嗎？賣車、賣房、解掉保險約？」徐懿忍不住吼，「就算真的這樣好了，那這些錢我們要怎麼辦？拿回去學校？偷偷放在校園某角落？」

「但這些錢……完全不是……我們的啊！」

「但可以救我們。」他抓住李欣容的肩膀，眼露光輝，卻閃耀著淚光，「不要浪費孩子的一番美意。」

徐懿喝了一口香檳，他的臉頰有了些些紅暈，搖晃著酒杯，裡頭的氣泡繽紛。

「我當時，大概是瘋了吧，但那樣的瘋話卻能說服欣容，所以我們發誓，未來一定會做很多好事，我們會幫助很多人，賺了錢以後，每個月都會捐款……事實上我們也真的捐款了。」他打了嗝，又將香檳灌入口中，而喝完了一杯，旁邊又有新的一杯。

「所以那兩百萬，你們的確拿去當了員工的薪水，並且安撫他們了。」陸天遙並不驚訝，因為他已經從徐禮那邊知道事情的發展。

「是……這件事情就像是作夢一樣，我們度過了難關，我和欣容都說好不再提這件事情，不去探究是誰偷的。」

「那你內心深處，認為是誰呢？」陸天遙問。

「……我……我一直以為……是徐欣……」他拉了拉自己的領口，發現身上穿的已經不是白色襯衫，而是灰色的ＰＯＬＯ衫。

「但是……？」陸天遙知道的，但他還是這麼問。

「但是是徐禮……他說了是他偷的……我從沒想到會是他……」徐懿握緊雙拳，痛苦不已。

對於徐禮，他一直是當成自己，面對小時候家貧但兄妹和樂的情景，他一直想讓自己的子女也有此感觸，但同時他又希望子女擁有最好的，如此矛盾的心情不斷在心中拉扯。

也許……也許當時，不要獨吞那筆錢，就算一家人都破產，過得拮据，那又如何？他們家小時貧窮，不也過得很好嗎？

可是他太恐懼了，體會過生活餘裕的日子，哪有辦法回去，所以孩子成為了他的藉口，不是孩子不能吃苦，是他不想再過貧困生活。

所以在如此自我嫌惡卻又無力改變的情況下，他唯一自豪的，就是三個孩子都很乖巧，道德觀正確，懂得為他人著想。

但當那能救他們一命的巨款放在那時，他居然拋棄了一切理念。

而他的孩子，也毀了他的自豪。

「令公子十分聰明啊，年紀輕輕就能帶走那一大筆錢，且神不知鬼不覺的。」陸天遙是真心讚美，扣除掉人間的三觀，徐禮確實幫助了他們家。

「但那是不對的……」

「你大概也沒資格說吧。」陸天遙笑了聲。

徐懿並沒有回應。

「而後呢？」陸天遙摸了坐在書桌的黑貓，「我想知道的是，徐欣撿到貓後的事情。」

「貓……是啊，那貓……」徐懿喃喃著。

其實不是那隻貓的出現，才發現孩子怪怪的，而是從兩百萬的時候開始，徐懿他們就注意到，家裡的孩子不太一樣。

他們的確聰明，有禮，人見人愛。

但仔細想想，正常的孩子，會在年紀這麼小的時候，就如此得體聰慧嗎？

他們一直歸功於自己教育成功，但是不是他們不願意面對的，是根本上有問題呢？

「今天徐欣帶了一窩小貓回來。」夜晚在床上時，李欣容說著。

「我看見了，在客廳的暖爐那邊對吧，但只有一隻白貓。」徐懿打了哈欠，今天的工作十分疲累，他已經快要睡著了。

「對，其餘的貓抵不過寒冷失溫，已經死了。」李欣容嘆氣，「我在想，是不是太早讓徐欣看見死亡了？」

「不會太早的，這個社會可不會覺得孩子太小。」徐懿說。

「但有點奇怪……」李欣容有些擔憂，但搖頭嘆氣了幾聲，並沒有把話說完。

徐懿等不到李欣容深思熟慮後的話語，陷入了夢鄉。

當時，他的工廠正因為挨過了第一次的寒冬，目前上下更加團結，正值稍有小賺的階段，但徐懿小心翼翼，生怕再次陷入欠債風雲。

但人說危機就是轉機，他挨過了第一次，又讓所有人拿到該拿的費用，於是大家也對他更加放心，明白了他是負責任的人。

「我就知道沒看錯你啦！有肩膀！」莫大哥還曾在聚餐上如此說，並敬了他好幾杯酒。

但徐懿接得心虛，也無法明說。

他為了不重蹈覆轍，每日戰戰兢兢，更在面對家中兩個大孩子時，沒來由的內心感到些些自責。他無法光明正大的站在他們面前，坦然地說著自己的成功歸功於自身能力。

所以當他接到李欣容顫抖哭泣的電話，他才驚覺到自己錯失了什麼。

方儀的臉被抓得全都是傷，幾乎毀容，方儀的父母十分憤怒，揚言報警，但他們不斷道歉，說著自己願意負全責，並且不會再讓徐欣接近他們。

筋疲力盡地離開了醫院，他才從李欣容那邊聽聞了事情的發生。

「徐欣一直說是小黑抓傷了方儀，是方儀先傷害了小白，但是……」李欣容顫抖著，「我們家哪來的黑貓？還有，小白的身體被割得亂七八糟，那又是怎麼回事？」

「小白的屍體?!」徐懿驚呼。

「這一切真的太可怕了，家裡到現在都還沒整理……我把三個孩子暫時安置在你妹妹那，我們必須回家整理乾淨……不能讓孩子們看見那可怕的慘狀。」李欣容咬著指甲。

等他們回到漆黑的家中，打開了電燈一看，發現客廳裡血跡斑斑，還有些些臭味，白貓的身體沾滿了血，器官被割了出來散落一地，而一旁還有一把美工刀掉落在那，旁邊更是有隻黑色的布娃娃。

「這是怎麼回事?!」徐懿摀住自己的鼻子，趕緊打開了窗戶通風，而李欣容不斷掉著眼淚。

「方儀說，是徐欣殺的，是徐欣動手的，然後又衝過來攻擊她。」李欣容身心俱疲，「徐欣怎麼了？她為什麼會這樣？」

徐懿安撫著李欣容，但看著白貓屍體被殘害成這樣，「我們是不是該帶徐欣看醫生？」

「不行啊！要是……要是看了醫生，如果徐欣說出了她偷了那兩百萬……」李欣容大喊，但隨即愣住，發現自己居然把利益放在女兒的健康之前。

「妳認為那兩百萬是徐欣拿的？」徐懿壓低聲音，這件事情可不是開玩笑的。

「不然是誰？徐欣殺了小白，還傷害了朋友，偷錢還有什麼意外的？」李欣容咬著指甲，「這是不是反社會人格？我們是不是……要帶她看醫生？」

徐懿發現李欣容講話顛三倒四的，剛才說不行，現在又說要，他趕緊安撫著她，將她抱在懷中，生怕她崩潰。

「首先當務之急，我們得先處理好方儀的事情，先幫孩子們都請假，剩幾天就寒假了，別讓孩子聽到其他閒言閒語，然後我會請醫生來家裡和徐欣談談。」徐懿說。

＊

圖書館不知怎麼著，忽然放起了輕音樂，打斷了徐懿的話，他抬頭張望想找尋聲音來源，但只見陸天遙皺起眉毛。

「好好好，我知道了。」陸天遙不知道在跟誰說話，聳聳肩後便說：「我想，直接跳到那一天之後的事情吧。」

「什麼？」

「李欣容死亡的當天，以及之後。」陸天遙嘆氣，「必須留點懸念，故事才有可看性。」

「可看性?這是真實發生的事情,是我們的人生,在你們眼中,就只是好看的故事?」徐懿站起來大聲咆哮。

「是呀,你們人類的一生,不也都在看別人的笑話嗎?看到別人失敗了,不幸了,不也會有些高興嗎?」陸天遙毫不掩飾,「而且就我所知,你並沒有請醫生,不是嗎?」

徐懿一愣。

「所以說,這一段也不需要說了。」

「我當時因為很忙,因為……」

「我不需要你的解釋,你也無須解釋,罪惡感我不需要,反正都死了,那些感覺,能做什麼呢?」陸天遙講得平淡,卻也中肯。

事情一旦發生,況且悲劇都已經造成,現在所說的,都是死後的話,你自責又能如何呢?已經完全無法改變了。

「我只需要,你的故事。」陸天遙提起毛筆,而圖書館的音樂聲音停了下來,「來借閱的人,也只需要你的故事。」

*

莫大哥介紹了幾筆生意進來,但徐懿的工廠因為有差點破產的前車之鑑,所以廠商他們小心翼翼，和徐懿見了好幾次面，都還沒下定決心是否簽約。

於是徐懿時常與他們應酬，那些酒水錢理當他買單。

這時候，他們已經暫時搬家到了李欣容從師姐那借來的空房，似乎是李欣容幾年前在家長會上無意聽見過其他媽媽們提過的某個互助會，當時她不感興趣，但經歷了徐欣傷害了方儀事件後，師姐不知道從哪得知了這事情，主動要幫忙。

「師姐說那房子她賣出前也是空著，不如就幫幫我們，而我們能為這屋子增加人氣也好。」李欣容如此說著。

於是在轉賣期間，他們一家人可以暫時住在那邊。

會像是逃難似的離開那，是因為方儀醒來後看見自己臉上的傷痕，每日歇斯底里哭喊，也讓方儀的父母痛徹心扉。

李欣容再三與他們保證，會負起該負的責任，往後方儀要醫美除去疤痕，她們都願意負責，但唯一條件是，不要找上徐欣。

但心急的父母有時候，會希望對方一起玉石俱焚，所以為了以防萬一，她們決定搬離那個地方，並在有律師的見證之下簽下合約，也先給了對方一筆……好聽一點是醫藥費，但嚴格說起來就是和解金。

大人的嘴可以堵，但是孩子的嘴就不一定了，難保徐欣留在那，會從悠悠之口中聽見什麼。

而最重要的是，徐欣根本不記得，在她的小腦袋瓜中，甚至一直覺得，是黑貓抓傷了方儀，但他們家根本沒有黑貓。

但徐懿這件事情的了解就只到這了，後續都是李欣容在處理，自從搬到這獨棟透天厝後，李欣容便很少跟著徐懿到工廠去，而都專心在家照看孩子。

而在搬家進來後，又發生了一件插曲，這一次受傷的是徐容。

她和徐欣在一旁的水溝玩耍，但卻從上摔了下去，在額頭上留下了很大的傷口，光是這樣一道傷，徐懿看見都心疼不已了，何況是方儀的父母。

但是當問了徐欣怎麼會發生這樣的意外時，徐欣卻說著一些奇怪的話語，類似旁邊有人，把徐容推了下去。

李欣容對這件事情的反應很激烈，他注意到，自從方儀事件過後，李欣容明顯對徐欣警戒許多。

「爸爸，你也不相信我嗎？」徐欣哭著，她雙眼滿溢的是真實的恐懼。

「寶貝，有時候，妳們會有一些幻想的朋友存在，這不是壞事情，但是，不能把事情的發生都歸咎到幻想的朋友身上，知道嗎？」而他輕描淡寫地說著。

因為有問題的，也許是徐欣的頭腦。

在回到房間時，她看見李欣容撫摸著睡著的徐容。

「你真的要快點找醫生過來，徐欣現在連妹妹都傷害了！」李欣容顫抖著。

「好好好，我會找醫生來的。」徐懿嘆氣，「但我們誰也沒看見是徐欣推她下去，妳不能這樣認定。」

「你不相信我？」一個是老婆，一個是女兒，兩邊都問他相不相信，他誰都信，卻也誰都不信。

然而每日從新家往返工廠，都得花上將近兩小時的車，來回就快四小時，徐懿疲憊不堪，面對日日夜夜的交際應酬，他早就撐不下去。

回到家馬上就躺下睡著，隔天一大早又得出門，所以他很少過問家中的事情，就連三個孩子他似乎也很久沒見到。

更時常和李欣容大吵起來，他忙碌成這樣，工廠收入都沒有增加，反而好幾筆金額不知道流失到哪去，他要李欣容好好作帳，但是李欣容總是顧左右而言他。

某次，他終於覺得不能再這樣瞎忙一場，便在工廠和莫大哥起了衝突。

「他們到底有沒有要做這筆生意？如果沒有的話，就別浪費彼此時間了吧。」

「老徐，這筆生意一定能談成的啊，他們很有興趣，只是之前……」莫大哥若有所指。

「之前的欠款都還清了，這不就證明我能東山再起？他們在不放心什麼？」很不可思議，現在說這段話，徐懿已經能夠理直氣壯。

「他們下次保證就會簽約了，別氣別氣，老徐啊，坐下來喝口茶。」莫大哥安慰道。

那一天，徐懿覺得頭痛欲裂，便提早回家。

李欣容那日坐在院子，徐容則在她懷中睡著，見著這樣的畫面，徐懿覺得溫暖至極，他下了車來到兩人身邊，也坐了下來。

「我們商量一件事情吧？」李欣容慢慢開口。

「嗯？」

「我想提高我們的保險額度。」

「為什麼？」徐懿抬頭，他們現在可能沒辦法支付多餘的開銷。

「沒有為什麼，我只是覺得這樣比較好。」李欣容輕輕笑著，「基本上也不需要你的同意，我已經調高了。」

「妳沒與我商量？」

「還有那棟房子，我們也該轉手了。」李欣容說的是他們原本住的大廈，「趁現在還有好價錢的時候賣掉吧。」

他覺得李欣容怪怪的，但說不太上來，好像虛無縹緲一樣，快要消失。

「聽我的，拜託你。」李欣容抓住了他的手，如此虛弱，卻又堅定。

而後，他終於簽下了與莫大哥朋友的合約，加上徐禮和徐欣轉校開學後的事宜終於忙得告一段落——主要是在處理徐欣的，畢竟不想讓新學校知道徐欣之前學校的事——

他們終於找了一天，去處理了保險事宜。並且委託了房屋仲介處理房子的事情，就這樣他們覺得終於告了一段落，並一同去接徐容回家。

就在他們要回去的路上，接到了徐欣來的電話，要他們買東西回去吃。

在以前，徐欣都會打李欣容的手機，但不知何時開始，徐欣只會打給徐懿，他當然也發現這對母女之間的相處怪異，但認為是誰都會有的叛逆期，只是徐欣才小學二年級，說到要是叛逆期，也太早了。

「妳和徐欣發生什麼事情了？」掛掉電話後，徐懿問。

「沒什麼。」李欣容很快的回應。

「姊姊，怕怕。」然而坐在後座安全座椅的徐容卻如此說。

徐懿從後照鏡看了她，「妳是說怕姊姊，還是說姊姊在害怕？」

「姊姊，怕怕。」然而徐容只是把小手放在胸口拍著。

「徐容是不是瘦了？」他皺眉，又問。

「有一點吧，每天在家中的精神折磨之下，除了你以外，誰會過得好？」李欣容冷笑著，這讓徐懿皺眉。

「妳這是什麼意思？」

「我只是說你真好，家中的怪異你都沒發現，你是睜著眼的瞎子嗎？」李欣容尖酸刻薄著。

「妳在說什麼？我不是為了家在打拚嗎？」徐懿打了左轉燈。

「對，賺錢好了不起，我要你找醫生，你找了嗎？」

「我工作這麼忙，妳有這麼多時間，為什麼不自己找？」徐懿吼著。

「忙什麼？忙到還要小孩幫你偷兩百萬？你可真偉大啊！」李欣容像是吃錯藥一樣，猛力的攻擊徐懿的痛處。

「妳到底是怎麼回事？」

他不明白，明明一整天都好好的，為什麼到了現在忽然變得這麼奇怪又暴怒？

於是他決定不再回應，兩個人就這樣安靜無聲地買完了晚餐，朝回家的路開去。

一抵達家，徐容被李欣容從安全座椅上抱了下來，她拿著要給徐欣的食物，開心的說著：「我要先去找姊姊。」

然後就這樣小跑步的爬上了樓梯，而徐懿還在車上整理情緒，將放在後座的公司企劃案拿下來，準備熬夜仔細審視，如果可以的話，可以藉由這一波簽約，順勢將工廠再往海外推。

然而就在他下車後，卻聽到了樓上傳來尖叫聲音，他一個心急趕緊往裡面跑，客廳並沒有人，而上頭傳來李欣容的尖銳聲音。

「妳到底在做什麼！」

接著是甩巴掌的聲響，徐懿一愣，趕緊衝了上去。

當他來到二樓時，看見李欣容正壓制在徐欣的身上，左右兩手分別甩著徐欣巴掌，並且伴隨著拳頭的攻擊。

他簡直不敢相信自己看到了什麼，他立刻衝了上前，將李欣容整個人往後拉。

「妳在做什麼！天啊，欣容！妳冷靜一點！」但李欣容不知道哪來的力氣，竟然一時半刻就快掙脫徐懿的壓制，要衝過去打徐欣。

徐容在一旁大哭起來，而縮在地板上的徐欣驚恐地看著李欣容，她的雙眼盈滿恐懼的淚水，臉上與身上全是剛才李欣容在她身上留下的紅腫傷痕。

仔細想想，他從沒真正看過徐欣做任何詭異的事情。李欣容也沒親眼見過徐欣傷害方儀，或是攻擊徐容。

那為什麼，李欣容會如此確定徐欣的怪異？

會不會，真正的怪異，其實是李欣容？

有了這一個想法後，徐懿起了雞皮疙瘩，強烈的不安湧上，認為不能再拖下去了，他必須把兩個人都帶去看醫生，或是去拜拜也行，不管怎樣，他必須現在馬上行動。

然而，就在他真正想要付諸行動的時候，傳來了噩耗。

與莫大哥朋友簽約的那間公司，跑路了，支票全部跳票。

瞬間風雲變色，而這一次不會有平空出現的兩百萬。

莫大哥哭著發誓他完全不知道會發生這樣的事情，並說著他願意不領薪水的陪著徐懿，再次做到他東山再起。

可是徐懿好累，他覺得太累了。

他沒說什麼，離開了工廠，現在只想回家好好休息一下。

但是當他將車子開回了家中，看見的便是李欣容從三樓窗戶掉下來的瞬間，以及站在窗邊的徐欣。

*

說到此處，陸天遙暫停了手上的動作，抬頭看著徐懿。

「需要衛生紙嗎？」他問。

徐懿才發現自己眼淚不知何時盈滿了雙頰，他趕緊擦掉，卻發現自己的手佈滿皺紋。

「但最後警察結案，是強盜殺人，沒錯吧？」陸天遙見著他不需要幫忙，便繼續下去。

「是。」徐懿拿起旁邊的香檳，喝了幾口。

「你佈置的嗎？」

「……」徐懿深吸一口氣，「是。」

「嗯～」陸天遙嗯了好長的聲音，然後在紙上又繼續寫著，而黑貓不知何時不見了。

「為什麼呢？」

「因為……我為了保護孩子們。」徐懿低下頭。

每當他低頭看著自己的鞋子時，彷彿就會看見腳邊有攤不斷擴大的血跡，視線再往左邊移動一些，便會看見眼睛半張，頭腦破了一半的李欣容。

當時他哭著並抱著李欣容的屍體時，他就知道李欣容已經沒救了，而當他抬頭，看見了臉色慘白的徐欣站在三樓破窗邊，而從二樓窗戶探出頭的徐禮，脖子上還掛著耳罩式耳機，幾乎傻住的看著這一切。

「媽——媽媽！媽媽——」徐禮發瘋地大喊，而徐欣往後退，離開了三樓窗戶邊。

「叫救護車，報警——」徐懿喊著，但當下他第一個想法卻是，他必須先上去看一下狀況。

於是他衝了上去，徐禮在二樓的小客廳，正滿臉淚痕地撥打著電話，而他直接上去三樓，女兒們的房門開啟，而徐容縮在棉被之中發抖，徐欣則坐在角落，喃喃自語。

他環顧了一下屋內整潔的模樣，接著把一旁的東西全部摔了下來，巨大的聲響竟也沒能讓被窩中的徐容以及牆角邊的徐欣恢復神智。

「什麼聲音?!」報完警的徐禮衝了上來，看見徐懿正在亂摔東西，他驚駭地問，「爸！你在做什麼？」

「快點！把那邊的東西也摔下來！」徐懿指使著兒子，又再次把一旁的東西打破，然後衝下了他們的臥房，也打爛了一堆東西，並且把李欣容的首飾全部放到一個袋子之中包起來，藏到了天花板的凹槽之中。

「爸……你到底在做什麼……？」徐禮嚇得哭了起來。

「我在保護你們！」徐懿大吼，而警笛聲從遠至近。

*

「徐禮不信。」陸天遙雙手環胸。

「我不管他信不信，我是在保護他們。」徐懿說得斬釘截鐵，「若說我這一生最自豪的是什麼，第一，與欣容擁有這三個孩子，第二，就是保護了他們。」

「但是有人信嗎？」陸天遙問。

「沒有，所有人都認為，是我殺了欣容，但是時間對不上，所以他們傾向我買兇殺人，但沒有證據，我在警局和家中往返了將近半年，最後強盜殺人結案。」

那些日子，三個孩子都在徐懿的妹妹家暫住，而當時借李欣容這家的師姐卻不知去向，警方查到屋主本人，卻是早就過世十幾年的老榮民，繼承人是他的兒子，但兒子人在國外，連有人住在這房子都不知道，就這樣變成羅生門。

而徐懿正值工廠經營不善，卻正巧碰上了提高保險金額，並且將原有的房子轉售，頓時李欣容所有遺產順理成章地成為了徐懿的。

如此巧合，別說別人會懷疑了，就連徐懿的妹妹也懷疑。

於是他們搬出了那詭異的透天厝，找了一間租屋，但從此徐懿一蹶不振，他無論到哪面試，別人都會提到這件事情，久而久之，他放棄了一切，終日藉酒消愁。

而徐禮從此只要在家，便窩在房間。徐欣看著他的眼神帶著嫌惡，徐容則總是畏懼，那一天，她是最接近李欣容的人，但是她什麼也不說。

最後，他在某日，在徐禮與徐欣逼問著他，媽媽是怎麼死的時候，他只說了：

「你們的媽媽，是被鬼殺死的。」

他並沒有說錯，殺死李欣容的的確是鬼。

只是不是那種鬼。

而後，隨著三個孩子長大，他們都離開了，他許多年沒見過三個孩子，但不可否認的是，唯有三個孩子不在身邊了，不用看見他們與李欣容相像的臉蛋，不用看見他們就想起過往曾經的幸福快樂，他好多了，喝酒的頻率也少了。

期間他雖然都有三個孩子的聯絡方式，但平常都不會聯繫，他們彼此都知道，不聯繫才是對大家都好的方法。

然而有日清晨，他接到了一個陌生男子的來電。

「您好，請問是徐欣的爸爸嗎？」

「請問你是？」

「我這邊是徐欣的律師。」男子說著，並提起了令人震驚的消息。

徐欣被殺了。

他從徐欣的律師口中知道，徐欣開了一家公司，做得還比當年的自己好，他完全沒想到徐欣會成為如此成功的人士。

而她的遺產，順理成章地由直系親屬繼承，公司則由合夥人共同經營。

他在靈堂上看著自己女兒的照片，卻覺得像個陌生人一樣，而徐禮站在一旁不斷左右晃動，看起來十分不自在，徐容從頭到尾低著頭，不發一語。

他們三個人，站在家人的葬禮上，卻如此生疏。

葬禮結束後，徐懿想告訴兩個孩子，關於徐欣的遺產之事，但兩個人都急著離開，最後甚至一言不和吵了起來。

話題又回到了當年李欣容死亡的事情之上，徐禮逼著徐容，說出當天在房間看到了什麼，但是徐容宛如陷入了深深恐懼之中，不斷尖叫。

「就老實說了吧，爸，不是什麼鬼殺了媽，當年你用那樣的藉口騙我們這些孩子，你讓才五歲的徐容保守秘密，如今把她變成什麼樣子？」徐禮冷笑，他的表情早已與當年的十二歲模樣不同，他成熟、世故，卻也害怕異常，「是你吧。」

但孩子呀，即便你們都長大了，你們以為自己可以接受事情的真相了，但還沒有，還差得遠了呢。

就連徐懿自己，也不知道什麼是真相。

「是鬼，殺了你們的媽媽。」所以，他的說詞不會改變，一直到死亡，或是到了死亡以後，他說的都會是這一句。

「徐禮，媽是被鬼殺死的。」而一旁的徐容停止了顫抖，雙眼毫無生氣，驀然地看著徐禮。

徐懿看不出來，徐容是真心這樣認為，還是，她也覺得這樣子相信，對人生更輕鬆？

徐懿明白，他們家人的關係是回復不了了，所以與其面對面，不如私下藉由他人的手。

所以徐懿花了一點點的時間，打聽到了徐禮的住所，找到了他的房東，並幫他付了租金。

「徐先生有這麼一位好爸爸，是他的福氣呀。」老房東如此說著，看著一口氣付了半年的租金，笑得開心。

「我兒子，有女朋友或是什麼好朋友嗎？」

「有一位沈小姐呀，但是這幾個禮拜都沒有出現了。」老房東說著。

「你有她的聯絡方式嗎？」徐懿問。

「我找找，找找呀。」老房東拿起手機在那滑了老半天，最後終於找到了一組號碼，徐懿抄了下來，離開了老房東的住所後，便撥打給她。

「請問哪裡？」沈百蟬接起了電話，而徐懿表明了來意。「徐爸爸，我很遺憾發生這樣的事情，徐禮還好嗎？他什麼事情都沒告訴我過！」

聽著她的聲音，徐懿不知道為什麼熱淚盈眶，他想起了李欣容。

「我兒子不會接受我給的任何東西，所以……我要給妳一筆錢，用妳的方式幫助他。」

「我不能這樣接受你的錢，徐爸爸，請您親自交給他吧。」沈百蟬說著，並提到了自己現在與他的矛盾，可能徐禮都不想見她了。

「他愛妳的，他是的。」即便這些年來，他與徐禮不親，但這孩子畢竟是自己拉拔的，徐禮不會把不愛的人留在身邊這麼久。

「他不會收下我的錢，若妳不信，妳可以告訴他，我打了這通電話。」

而後的事情，就是徐禮打來咆哮一頓，直到隔天，沈百蟬又找了機會回撥電話給他。

「徐爸爸，我真的很抱歉。」她在電話那頭聲淚俱下，「我不知道該說什麼。」

「妳無需多說，也不需要懷疑徐禮所說的。」

「但您的聲音，聽起來不像壞人。」

徐懿輕笑了，「妳真是好女孩，徐禮就拜託妳了。」

於是，徐懿分批匯給了沈百蟬一些錢，讓沈百蟬在這段時間能先應急，並將徐欣的遺產分了一半給徐容，另一半納入自己名下，接下來，將保險受益人更改為徐容和沈百蟬。

徐禮一輩子都不會知道，他的父親也許這些年來沒盡到他認定的「好父親」的責任，但是，徐懿的確用了自己的方式，盡了最大的努力，保護他的孩子。

陸天遙將有關徐懿的本子闔上，放到了一旁的書桌上，正準備找尋徐容的本子時，白門後面的人又說話了。

「對了，我忘記徐懿後來去哪了。」

「你記憶力有這麼差嗎？」陸天遙知道對方只是裝傻。「蒐集完他的故事後，能夠選擇從圖書館離開，回到他原本來的那片荒蕪。或是……」

陸天遙抬頭，看了白門之後，「選擇去陰間，這你不是知道嗎？」

「哈、哈。」後頭的人笑了笑，「他回去了原本的荒蕪，但那已經不是荒蕪了。」

「貢獻故事的人，能夠多個選擇。」陸天遙走到圖書館的窗邊，看著外頭風景。每一個前往圖書館的人，他們所走來的路上風景都不相同，但目的都是一樣的圖書館。

說完了自身的故事之後，能夠選擇再次回到原本的風景，然而那片風景已然不同。

那會是最接近你心中完美世界的模樣，你在人間所受的苦難與痛，都能在那撫平。

但是，在選擇的當下，當事人並不會知道。

而不約而同的，徐欣、徐懿，都選擇了回去那條路。

也許他們在那個自己建構的天堂，能夠相遇。

第四章

徐容

男人在一旁穿起衣服，而女人則從床上坐起上半身，並未遮掩自己裸露的肌膚。

「不用送我了。」男人並沒有回頭，低著頭將皮帶扣上，並走到鏡子前繫著領帶。

徐容從床上起身，也不遮掩了光滑的裸身，直接走到鏡子前面幫男人繫上領帶，她熟練地將灰色的領帶繞至襯衫的領口後方，並且往前拉起了一個圈，她專注，長長的睫毛映照在她白皙的肌膚上，而均勻的身材讓男人再次起了慾望。

他的手摸上徐容的臀部，俯身親吻了她，先是輕啄，再為深吻，舌尖滑進她的口中，品嚐她的甘甜。

「你休息時間要結束了……」她輕輕說著，並沒有拒絕，再一次的讓男人佔有了她。最後男人在一點半時才匆匆離開了徐容的租屋，回到公司一定會遲到，而徐容則披著男人留在這的衣服，站在五樓的窗邊目送男人搭上計程車離開。

然後，她發現了男人的戒指並沒有帶走。

是故意的，還是真的忘記了呢？

徐容走向浴室，洗了個澡後，將頭髮抹上護髮油，並且仔細小心地梳開，再好好地吹整，最後抹上了髮妝水，使它看起來不毛躁。

然後她看著鏡中的自己，考慮了一下後，最後只選擇抹了個口紅，穿上了她在診所的護士制服，套上了白色的鞋子，然後打開了窗戶。

她閉上眼睛，感受這陣風的吹拂，接著她原地轉身，坐上了窗台，但她還是閉著眼睛，雙手扣在窗緣兩邊，哼起了歌曲。

人家說，學齡前的記憶會是模糊的，嚴格說起來，徐容對於成年前的記憶總是模糊，也許是太不開心了，也許是太過害怕了。

每當她看著小時候的照片時，那裡頭笑得開懷的自己，彷彿不是她一樣。

而將她抱在懷中的李欣容，聽說是她的媽媽，但她不記得了，應該是說，她不想記得。

這些年來，她好多事情都想忘掉。

若不是徐禮三不五時打電話來借錢，她都忘記自己還有個哥哥。

若不是接到了徐欣的死訊，她都忘記自己還有個姊姊。

若不是在葬禮上看見了徐懿，她都忘記自己還有個爸爸。

而當徐禮在葬禮結束後，問了那一句，媽媽是怎麼死的時候。

她塵封已久的記憶就這樣被喚醒了，她恐懼、害怕、不安全感，從以前就跟著她，如影隨形。

原來，源自於那個房子，源自於徐欣，源自於李欣容，源自於，那鬼。

她的眼角落下了眼淚，認為自己將一生活得悲慘，成為了眾矢之的，傷害了他人，也毀了他人，更毀了自己。

於是她上身往後傾，將全身的力量只放在抓著窗緣的雙手，然後鬆開。

她感覺到自己順著地心引力往下，準備迎接強烈的痛楚與撞擊，但是等了好久，那墜落感都消失了，她卻還沒有任何痛覺。

反而是感受到眼前的光亮，連閉著眼睛都覺得刺眼。

接著，是一旁傳來的鳥叫聲，這讓徐容覺得奇怪，她睜開了眼睛，發現自己居然置身於廣大無際的草原中央，四周鳥語花香，天空湛藍無比，陽光和煦。

她睜圓了眼睛，卻發現自己的視線逐漸變矮，她伸手瞧了瞧，自己的雙手變得好小好小，而自己居然留著妹妹頭，她已經很久不留妹妹頭了。

然後，她發現前方有棟小木屋，於是她朝那方向跑去，小小的腳丫沒有穿鞋，與草地接觸時的搔癢感讓徐容不自覺笑了起來，她發現自己好像很久沒笑了，沒有如此開心，內心沒有任何焦慮與恐懼。

來到那棟小木屋前，她好奇地張望，就像個五歲的孩子一樣，她踮起腳尖站在窗邊的木頭上，雙手吃力地抓著窗台邊緣，想朝裡頭看去。

原本以為裡面的擺設會像是西洋電影裡頭看見的，類似有鹿頭，獵槍，或是聖誕樹等裝飾。

但是當徐容朝裡頭看去，訝異的發現，那是與外觀完全不相符合的空間，裡頭是偌大的圖書館。

隱約，還看見一個男人在裡頭行走，忽然一個黑影跳到了窗前，讓徐容嚇了一跳，差點整個人往後摔。

仔細一看，是隻黑貓，牠的雙眼黑溜溜地盯著自己，而也因為黑貓在窗邊看著她，連帶裡頭的男人也發現自己了。

她有些尷尬地笑了笑，以為男人會邀請自己進屋，但男人並沒有任何反應，也只是點頭微笑，繼續做自己的事情。

徐容跳下了窗邊，主人沒有邀請，她自己敲門，是不是太奇怪了？

但本身這個地方，就已經很奇怪了呀。

她看看周圍，一望無際的草原，除此之外，就是這棟木屋了。

所以她還是轉身，敲了敲木屋的門，就在她敲門的瞬間，那木門應聲而開。

在門打開的瞬間，她感受到有人從她身邊走過，她一愣回頭，在轉瞬即逝的瞬間，彷彿看見了徐禮的背影。

不對，不是徐禮，是徐懿，年輕時期的徐懿。

「歡迎。」而方才看見的男人，正在裡頭，手裡拿著幾本書籍，對她微笑。

「這裡，是天堂嗎？」徐容開口便這麼問。

*

陸天遙看到此處，不由得感嘆了一下，徐容，徐家最小的女兒。

在她自殺後來到這，第一句話居然問是不是天堂。

自殺的人，怎麼能到天堂呢？

然而，她內心所想像的天堂，就是那個樣子，一望無際的草原以及一棟木屋，所以也許對她來說，這真的是天堂。

她遭遇了這麼多事情，即便內心有著怨懟與痛苦，然而在死亡以後，留下的還是五歲孩童的純真。

白門後頭的人敲了敲，「整理好了，跟我說一聲。」

「你心急什麼？」被打斷了情緒，陸天遙有些不悅，然後聽見了白門後的貓叫聲，還以為黑貓偷跑了過去，但發現黑貓正趴在窗台邊休息。

「你瞧，小白都在喊了。」白門後的人笑著，「這個故事拖太久了，我以為很快呢。」

「久嗎？我對時間沒什麼概念。」陸天遙聳聳肩，翻開了下一頁。

而白門後的人像是鼠來寶一般念著：「一家有五口，媽媽先死了，大女兒被殺，爸爸猝死，二女兒自殺，長子最後死。」

陸天遙難得流露了不耐煩的神情，應該說，每每和這個人對話，他總是充滿不耐，「你可以安靜一點嗎？否則我工作效率會變慢。」

「哈哈。」對方的腳步聲逐漸遠離了白門，而那又恢復成了書櫃的模樣。

黑貓打了哈欠，捲捲了尾巴，再次安然入睡。

而陸天遙終於可以專心下來，拿出了墨塊靜心磨墨，一陣子後，他揮了揮另一隻手，桌面上出現了徐禮、徐懿、徐欣的本子，而他正準備將其書籍拆頁，忽然又作罷。

「再檢查完徐容的，再來決定順序吧。」他說，將另外三本疊起放置一旁，又打開了徐容的書本。

徐容在其他徐家人的故事之中，出現得並不多，因為她當時還太小了，幾乎無法記得任何事情。

當徐容當時來到這兒時，她天真的以為這裡是天堂，但是當陸天遙越聽她的故事，越明白她並不是真的天真，而是強迫自己不要長大。

「我以為自殺的人不會來天堂。」徐容歪頭，眨著眼睛，身上穿著門診的護士裝，美麗的長髮整齊地披在後頭，看起來就像是這地方的天使一樣。

「妳認為這裡是天堂嗎？」陸天遙笑著，並從後面的書櫃找尋徐容的本子，而當他轉身的時候，徐容卻跑到了他身邊，睜著大眼睛看著他。

「怎麼了？」陸天遙有些驚訝，從來沒有來到這裡的人類，會靠他這麼近。

「為什麼書櫃上會有我的名字？」她好奇問著，忽然臉又靠向了陸天遙，「你長得好端正呀。」

陸天遙覺得有些好笑，他知道自己這身皮囊在人類眼中相貌堂堂，但徐容還是第一個說出來的人，他覺得這女孩要麼天真爛漫，要麼就是有些傻了。

忽然徐容看見一旁寫有徐懿名字的書脊，她些些睜圓了眼睛：「啊……所以我剛才看見的，真的是爸爸呀。」

「妳看見他了？」陸天遙有些訝異，但隨即恍然大悟，「啊……你們死亡時間很接近的關係吧，所以他才離開，妳便遇見了。」

「但他沒看見我。」徐容說。

「嗯，空間不太一樣。」陸天遙簡短地說，這個圖書館裡頭的時間似乎終年不變，無論春夏秋冬，這兒永遠一樣，即便陰間、陽世流轉千年，他們這裡也不會改變。

除了來到這兒的人，根據死亡時間的不同，才會讓陸天遙些些意識到，時間又流逝了，否則他永遠不知曉外頭的狀況。

「原來爸爸也死了啊……我都不知道，他怎麼死的呢？」

「那妳知道媽媽怎麼死的嗎？」陸天遙反問，徐容只是歪著頭，微微一笑。

「不記得了。」

她看起來不像說謊，也絕非掩飾，而像是真的不記得那樣。

或是說，選擇遺忘？

「那，告訴我妳的故事吧。」陸天遙抽下徐容的本子，比了後頭，徐容回首，看見那有張漂亮的公主床，上頭還有美麗的白色蕾絲蚊帳，一旁有個娃娃。

「哇……我從以前就夢想有這樣的床呢。」徐容笑著，但她從來沒有過。

她來到了床邊，想要爬上床，發現自己好像很難爬上去，才發現自己又縮小了，正當她想抗議這變大變小的身體時，瞬間她又恢復成了穿著護士裝的白衣天使。

「這是怎麼回事呀？」她問。

「很少有人來到這，會跟妳一樣有這麼多問題。」陸天遙聳肩，大多數的人類來到這，都會渾渾噩噩地，搞不清楚狀況。

很少像是徐容這樣十分清醒，並且能察覺到怪異之處的人，大多數能發現自己已經死亡，就是極限了。

「也許是因為自殺的關係，很清楚知道自己死亡了，所以才能注意到其他奇怪的地方吧。」徐容好像知道陸天遙的想法一樣。

「嗯，我很期待妳的故事喔。」

＊

下午的牙科診所看診人數並沒有因為平日的關係而比較少，相反地沒有預約還無法臨時掛號，所有人安靜地在候診室等候，看電視或看手機，更有些人睡著。

仔細一瞧，這裡清一色都是女性患者居多，當然大家都是因為牙齒有問題才來，不過更大一部分原因是，這裡有位人氣磁鐵王，魏醫生。

「不好意思，今天魏醫生的預約已經滿了喔。」戴著口罩的櫃檯小姐親切說著。

「啊？但我牙齒很痛，我今天一定要給魏醫生看！」年輕的女性穿著短褲，唇上畫了大紅。

「那還是我幫您掛別的醫生呢？」

「不行！我一定要給魏醫生看！」

「但如果您牙齒很痛的話，還是掛別的醫生會比較快……」

「我可以等！」

「但今天真的沒有辦法幫您掛號，因為人數已經……」

「我就說我可以等！」

這種事情幾乎每個禮拜都會上演一次，櫃檯小姐表情雖笑，但內心已經翻了無數白眼。

「小姐，如果您要現場等候的話，那就在那稍坐吧，但是必須先跟您說，即便您等也不一定能看得到牙醫，這樣可以嗎？」徐容從一旁飄了過來，濃眉大眼的清新脫俗模樣，讓年輕的小姐有些滅了氣燄。

牙醫怎麼還有這麼個漂亮護士啊?!

「好，我等！」但年輕小姐還是堅持，而徐容拿出手機按下了錄音。

「那小姐，麻煩您再跟我確認一次，沒有預約魏醫生而想現場等候，但即便現場等候也無法保證一定能看到醫生，請問您同意嗎？」

「妳做什麼？」年輕小姐一愣。

「這是保護我們，也保護您，以防屆時您因為等得太久，忘記我們曾這麼提醒您。」徐容慢條斯理說著，「然後因為工作關係，所以魏醫生平時會拿下戒指的。」

「啊?!」年輕小姐狐疑，在候診室等候的其他年輕女性也豎起耳朵。

櫃檯小姐丸子在口罩下方的嘴則偷笑了起來。

「魏醫生結婚了，是人夫喔。」徐容說著。

「結、結婚又怎樣？我是來給他看牙齒的欸！就算結婚又怎樣？」年輕小姐不高興地吼著，但表情卻很尷尬，「算了算了，什麼爛服務，我去別家看！」

說完便氣噗噗的離開了診所，候診室一些女孩面面相覷，默默的繼續等候。

丸子壓低聲音給了徐容讚賞，「妳真的很會對付奧客耶！」

「沒什麼。」徐容淡淡地說著，然後拿著魏醫生要的病歷，走回了診療台邊。

魏醫生名魏建緯，雖說戴上口罩會自動帥兩倍，但是魏建緯的確是個拿下口罩後還更加帥氣的男人，當然除了長相以外，技術好也是讓他聲名大噪的原因之一。

不過也還有另一個原因，這家診所的名稱就是魏建緯牙醫，魏醫生可不光光只是鎮店之寶，還是院長呢。

「醫生。」徐容把病歷裡頭的X光片交給了他，魏建緯放到一旁的燈光片下。

「上次照的X光片，拍到了這邊有牙齒躲在牙齦下方，有看到了吧？我們必須先讓它長出來，才有辦法做矯正，那這樣勢必得先拔掉牙齒。」他如此對病患解說，等病患同意之後，再請徐容去拿了麻醉針。

徐容在一旁看著魏建緯如何處理，並給予協助，做為魏建緯的第一助手，徐容無疑是這間診所最受人尊敬的助理。

「剛才外面在吵什麼？」等待這位病患離去後，短暫的空檔魏建緯抓緊時間喝水，順便詢問了狀況。

「嗯，老樣子，有女生希望能指定魏醫生看診，丸子應付不來，我出去正好看見。」徐容慢條斯理說著，語氣輕得聽不出情緒。

「喔~？是嗎？」魏建緯笑著，語尾上揚。

徐容狐疑地轉頭看著他，在口罩下的嘴一定在笑，因為他好看的雙眼微彎。

「魏醫生。」徐容喊了一下他的名字，魏建緯則聳聳肩，「下一位病患是要拔智齒。」

「今天拔牙的人可真多啊。」魏建緯扭扭脖子，開始看起了下一位病患的病歷。

牙醫門診從沒有空閒的時候，每天的情況都是忙不停歇，唯獨兩點後能夠開始休息到五點半，以往徐容總是會利用這段時間回去附近的租屋補眠。

所以當診所熄燈並拉下鐵門後，牙醫助理們在門口說了晚點見，並各自分散，她買了午餐走回租屋，才吃了沒幾口後，門鈴響了。

她起身走去開門，魏建緯帶著笑容，對她揮手。

而徐容則埋到他的懷中，魏建緯低頭吻了她的唇，舔了舔舌頭說：「吃滷味？」

「嗯，也有買你的份。」

「哇，我肚子好餓。」魏建緯踏進她的租屋，穿上了一旁唯一一雙男用脫鞋，關起了門並上鎖，然後朝徐容露出貪婪的微笑，「但我要先吃妳。」

還穿著護士服裝的徐容也沒有反抗，任由魏建緯的手在她胸前游移並且解開了鈕釦，另一隻手則從她的大腿上探裙底。

「嗯……」徐容發出了些些呻吟，也伸手解開魏建緯身上的襯衫，租屋並不大，兩人一路從門口纏鬥至床上，兩個小時內並無停歇，最後撞掉了桌上的玻璃杯，在地面應聲碎裂，但誰也沒有閒暇去處理，連午餐都沒時間吃了。

事後兩人一同洗澡，又再纏綿了幾次，直到休息時間快結束，魏建緯才匆匆起來穿衣服，連澡都沒時間洗，便趕緊先行回診所。

而徐容一身凌亂，她甚至連內衣褲都還沒穿上，魏建緯已經離開了。

她裸著身也不遮掩，蹲在地上撿著那破碎的玻璃，卻不小心割傷了手指，流出了一道血痕，她張開朱唇，含住了那血，鐵鏽的味道在口中散開。

而當她從一旁的化妝鏡看見自己的臉時，她訝異的發現，額頭上的傷痕。

她什麼時候，額頭上有個疤痕了？

大概花了幾分鐘，她又忽然覺得，自己為什麼沒穿衣服？

肚子發出了咕嚕聲響，她才聞到已經冷掉的滷味香氣，她蹲到了桌邊開始吃起來，但拿起竹籤的手指有些疼痛，注意到血沾到了竹籤上。

咦？怎麼受傷了？

徐容張望了一下周圍，看見了碎裂的玻璃還有一小部分在地面上。

對了，剛才和魏建緯上床時，撞掉了玻璃杯。

然後魏建緯走了，她蹲著撿玻璃杯的時候，割傷了手。

接著，她在鏡子看見了自己額頭上的陳舊傷疤，她原本在想，那是誰弄的。

她的手機響起，她發呆了一下後才接起來，看見了是徐禮的來電。

啊……她的哥哥。

「喂……？」

「徐容啊，妳身上有錢嗎？」徐禮一接起來便如此說，連客套話都省了。

「你要借多少……？」她想不起來這是徐禮第幾次跟她借錢了，金額都不大，但累積下來，也是一筆可觀的數字。

「先借我兩萬，我會快點還妳的。」

「嗯……我等等去匯款。」徐容說完後，便掛掉了電話。

她總感覺身體輕飄飄的，像是在作夢一樣，就連剛才才發生的事情，她都認為是場虛幻。

徐容無意識地一邊吃著食物，卻在咬下滷大腸時，忽然覺得一陣噁心，她趕緊朝廁所方向跑，但光著的腳丫卻不小心踩到了方才沒清乾淨的玻璃碎片，滲出了血。

當她在馬桶上乾嘔的時候，被逼出眼淚的雙眸隱約看見了地板上的血痕，注意到了是自己的腳滲出的血。

她才忽然想到，自己的月經多久沒來了？

「魏醫生娘您好！」

接近下班的時刻，診所還有依稀幾位病人，從五點半開診到現在，所有醫護人員才稍微可以喘口氣，做診所的周邊環境打掃。

「魏醫生還在忙嗎？」穿著全身名牌，擁有蓬鬆大捲髮，腳踩五公分高跟的女人，便是魏建緯的老婆。

「是呀，這位結束以後，還有一位病患。」丸子來到梁筱菁的身邊，雖然稱呼是醫生娘，但診所的人都知道，她才是真正的大老闆。

梁筱菁是典型的富二代，畢業以後從來沒有上班過，第一份工作便是開了服飾店，而後便是這間牙醫診所。

梁家人十分疼惜她，手裡拿的卡都還是父母的附卡，寵溺到梁筱菁不過隨口說句：「想賣衣服看看」，梁家便直接幫她在信義區買下一間店面，讓她去做服飾。

別說賺錢了，根本賠錢，但誰在乎呢？女兒的夢想更重要啊。

而魏建緯便是人人口中的「少奮鬥二十年」的最佳例子，他的確有才華與技術，但光有才華和技術，是不可能在他這個年紀就當上院長，更別說是自己開一家診所了。

所以說，這段婚姻可想而知，強勢的梁筱菁擁有魏建緯所有前途，包含這間診所。

魏建緯在意嗎？

哪個男人不會在意女方比自己有錢，更甚至自己被人私下說吃軟飯的？

但那又如何，被人說說，他還是每個月爽拿十幾萬，有什麼不好？

當然以上這些，都是所有人心知肚明，卻不能說的秘密。

「今天還是很多女人來嗎？」梁筱菁不是美女類型，但氣場強大，一見便是嬌生慣養的公主。

「當然啦，魏醫生長相帥氣，醫術又好，每天慕名而來的人可多著呢。」丸子雖然年輕，但也明白嘴甜與諂媚的重要，「但是呀，魏醫生可都沒理會她們呢，今天還讓我們看上禮拜你們出遊的照片，真是羨慕呀！」

梁筱菁聽了後樂得開心，嘴角微笑，但瞥見了正拿著牙醫器具走過的徐容，不禁皺了眉。

「我說那個徐容，還是魏醫生的助手啊？」

「是呀，除了徐容以外，沒有人聽得懂魏醫生在講什麼。」丸子如實說，「有時候忙起來，魏醫生要的東西都講得含糊，上次徐容休假，采林遞補，結果完全拿錯東西，讓魏醫生發了好大脾氣。」

丸子並不是沒有心思，明白徐容的清純外型很難不讓元配當成假想敵，但她仔細觀察過，徐容與魏醫生兩人除了工作關係以外，並沒有其他太多的接觸，所以在和梁筱菁提起徐容時，也落落大方，認為不需要隱瞞。

但丸子大概還不夠了解女人的嫉妒心，尤其是對梁筱菁來說，徐容這個女人對她來說，就像是喉嚨間的魚刺一般，雖不致命，卻鯁得難受。

「我去看看。」梁筱菁說完，便直接踩著高跟鞋，發出了叩叩聲響，來到了診療室。

徐容不需要回頭，也不需要聽見那鞋跟的聲響，因為光是梁筱菁身上名牌的香水味道，便能傳千里。

她站直身體，專注地看著前方病患的口腔內部，思考著如此嚴重的蛀牙已爛至牙根，看樣子似乎得拔掉後，再行根管治療。

但這樣勢必得來回幾趟，方才見到這客人的病歷資料，好像住在很遠的地方，這樣有辦法時常過來看診嗎？

在梁筱菁走過來診療台之前，徐容的腦袋都在想這些事情。

「還在忙啊？」

專注於病患口腔的魏建緯並沒有注意到梁筱菁的到來，因此嚇了一跳，手上的工具就這樣掉到病患口腔之中，雖沒造成傷害，但也讓病患受到不小的驚嚇。

「妳怎麼忽然過來了？」魏建緯因為心虛，多瞥了徐容一眼，但是徐容只專注地拿著一旁的吸唾管將病患的口水吸乾淨。

「我不能過來嗎？看看我親愛的老公，忙碌的樣子有多帥氣。」梁筱菁邊說邊將手搭在魏建緯的肩膀上，她時不時便會這樣忽然出現，宣示一下主權。

而徐容則看了一旁的時間，然後說了句：「要麻煩魏醫生動作快一些，不然快到打烊時間，後面還有一組病患。」

她善意的提醒，卻讓梁筱菁怒了：「妳一個牙醫助理，還敢指使醫生啊？」

徐容的眼睛毫無雜質，卻也了無生氣，她只是看著梁筱菁：「不然，我的下班時間到了，如果夫人願意幫我們增添加班費，那我也沒問題。」

「妳！」梁筱菁二話不說，火爆的脾氣就伸手要打她，魏建緯趕緊起來阻止，而還在診所的病患們紛紛好奇地看過來，原本在擦桌面的丸子也聽到騷動。

「拜託，我也急著回家好嗎？你們可以不要在這邊吵嗎？」而躺在診療椅上是一個中年男子，他可不想把自己的時間浪費在他人的家庭糾葛之中。

「不好意思，現在馬上幫您……」魏建緯話都還沒說完，梁筱菁已經一巴掌打到徐容臉上。

這清脆響亮，不只徐容，所有人都愣住了。

雖然徐容的確和魏建緯有染，但此時的梁筱菁還不知道這件事情，不過光是女人的嫉妒心與第六感，就足以讓她做出如此的舉動。

在那巴掌落到徐容的臉蛋瞬間，徐容覺得眼前恍惚，她感覺到頭痛非常，腦中有眾多畫面不斷湧出，而臉上的刺痛轉為火熱，她好像快想起什麼，但身體馬上被一個人拉到身後。

「妳在做什麼啊？」魏建緯趕緊將徐容護在身後，他的行為以一般沒偷吃的丈夫來說，保護下屬，都還在合理的範圍之中。

怪就怪徐容長相實在太令女人不安心，仗著這間診所是她的，仗著自家有錢，梁筱菁一點也不在乎她的發怒導致客人流失，就算他們都不工作，家裡的資產夠他們吃三代了。

人一旦沒有顧慮，便什麼事情都有可能做得出來。

所以梁筱菁開始大鬧，還推開了診療台上面的東西，她可不在乎自己失去形象，畢竟要讓魏建緯明白，站在別的女人那邊後會得到什麼樣的後果，這件事情對她來說更是重要。

而徐容聽著梁筱菁的吵鬧聲音，看著大家跑了過來要制止梁筱菁，又瞧見病患逃離現場的行為，她覺得這一幕異常熟悉。

眼前的景象，彷彿和曾經發生過的事情重疊一樣，但是那畫面如此破碎，她連尖叫咆哮的人是誰都看不清楚。

瞬間，她整個人像是騰空一樣，往後飛了出去，徐容才瞬間回神，她人身在診療室，而她被梁筱菁推得往後撞，診療台上的器具全部掉了下來。

「不要這樣，不要這樣！」魏建緯身為男人，並不是沒力氣制伏梁筱菁，而是他不敢，畢竟自己現在的成功全來自於梁筱菁的金錢援助，要是得罪了她，只怕功虧一簣啊。

徐容原想起身，但忽然覺得肚子劇痛，她還來不及會意到發生什麼事情，卻傳來了丸子的尖叫，以及所有人的驚訝神情，那視線停留在自己的下半身。

她先是低頭，看到了白色的裙子有著紅色點點，之後劇痛才襲來。

「送我去醫院。」徐容抬頭，平靜的彷彿流血的不是她自己。

這場鬧劇，在出乎意料的情況下，帶出了魏建緯和徐容的不正當關係，而那血也不是月經，而是小產未遂。

梁筱菁鐵青著臉站在醫院外，在沒確定魏建緯出軌前，她光見到徐容都不是滋味，甚至動手推擠對方。然而當真正的發現魏建緯出軌，甚至連小孩都有了，梁筱菁反而不知道該怎麼做。

而男主角魏建緯在叫了救護車以後，便躲了起來，不知去向。

徐容躺在病床上，原本就白皙的肌膚顯得更加蒼白，她看著白花花的天花板，忽然忘記自己為什麼會在醫院，然後她的手摸上了肚子，什麼也感覺不到，裡面真的有生命嗎？

丸子去幫徐容辦理住院手續，而梁筱菁聽完了醫生說明的胎相穩定後，臉色更加難看。徐容聞到了那令她想吐的香水味道，一回頭，看見了梁筱菁站在病房門口。

「我能告死妳，讓妳賠到破產。」梁筱菁話一出，眼淚卻掉了下來，她的表現不如她的話語有威脅性。

徐容並不在意，事實上，她對任何事情都不在意，無論是魏建緯在最初若有似無的告訴她喜歡她，無論是和魏建緯上床了幾次，無論魏建緯如何說著和梁筱菁之間沒有愛，過得痛苦，只想與她長相廝守，她統統沒有感覺。

就連魏建緯在診所得知徐容疑似懷孕的流產模樣，而逃之夭夭後，徐容也一點感覺都沒有，她的人生到此為止，似乎從來沒有什麼好事壞事，她對所有事情，都處之漠然。

梁筱菁大可在這再打徐容一頓，發洩她的悲傷與怒氣，但她知道只責備徐容是沒有用的，出軌這件事不是徐容想要就行，她該面對的是拿了好處，卻又在外採花的魏建緯。

然而她也明白，用錢綁住的婚姻，總是會出問題。可她心甘情願，只要能把魏建緯留在身邊，她能用錢解決任何問題。

「把孩子生下來，但出生以後歸我，我給妳五百萬。」梁筱菁和魏建緯結婚多年，卻一直苦無孩子，這也是她此刻對徐容嫉妒的地方，但她深吸一口氣，「打掉孩子，我給妳一千萬。」

「我會打掉。」徐容來到醫院後，第一次正眼看了梁筱菁，「一千五百萬，我要打掉的那天拿到。」

「妳還跟我討價還價？」在這個瞬間，梁筱菁不可置信眼前看似柔弱的女孩如此貪婪，「一千萬。」

「我生下來，妳沒資格拿走。」她說。

「但孩子是妳通姦的證據，我會告妳，妳會身敗名裂，孩子也會一輩子遭人唾棄……」

「妳以為我在乎嗎？」徐容淡淡地說，那雙眼睛裡面沒有任何感情。

「……！」梁筱菁咬牙。

「一千五百萬，從此我會消失。」徐容又說。

「好，成交。」

於是在打掉孩子的那天，徐容拿了一千五百萬，離開了魏建緯的牙醫診所。

＊

「然後呀，後來徐禮又三番兩次地跟我借錢，我有一千五百萬吶，怎麼借我都不會心疼。」盤腿坐在鬆軟的大床上的徐容歪頭繼續說，「結果，他有次獅子大開口，跟我要了五萬，而且理直氣壯的呢，還說什麼『妳不是很寬裕嗎？』，他完全不知道我的寬裕，是因為我打掉了一個有婦之夫的孩子呀。」

「那妳怎麼回應呢？」看著徐容像是在說別人的事情一樣，輕快又帶著天真的語調，讓陸天遙感到好奇。

「我記得當時，我好像小小抱怨了一下吧，但是徐禮只在乎他的生活，在乎他的錢，所以他根本沒注意聽。」徐容呵呵笑了起來，「為什麼我現在又是小孩子的模樣？」

「外型，會隨著妳的故事，以及妳的心境改變。」陸天遙在本子上註記此刻的徐容是孩子模樣。

「那我明明在講大人身上才會發生的事情，為什麼我卻是孩子模樣？」懷孕墮胎、上床、拿錢等等，明明都是骯髒的大人才會有的事情呀。

小孩子，只有被大人主宰的命運。

小孩子，只需要一張大床，好好的休息，就足夠了。

見著徐容在床上左右搖晃，伴隨著輕輕哼歌的模樣，陸天遙想著，或許徐容是強迫自己用孩童的眼光去看待世界吧。

身體長大了，但是心靈卻還留在孩提時代。

「但是妳和魏建緯，真的就斷了關係嗎？」

徐容歪頭，天真地笑了起來，但在那天真背後，是否真是無邪？

＊

她的確離開了那間診所，但並沒有搬家，所以魏建緯還是有辦法找得到她。

其實，這件事情，發生在她從醫院安胎後回到租屋，並且和梁筱菁說好要墮胎之後，卻是在真正打掉小孩的前幾天。

魏建緯來到了她的租屋，對於他的出現，老實說她是有些訝異的，因為她以為他逃走，不會再出現了。

對於他的離開，徐容一點感覺也沒有。但對於他的再出現，徐容卻是驚訝。

「原諒我那個當下跑走了，但我想了幾天，我想要我們的孩子。」接下來，魏建緯說的話更是令徐容震驚。

在她這些年淡薄的生活之中，她平靜的雙眼第一次激起了波瀾。

「我答應了夫人說要墮掉，她會給我一千五百萬。」

「我認識那個醫生，他能作假證明，然後我們拿了錢後能逃走，就算她告我們通姦或是什麼，我們有了那些錢，她又能拿我們怎麼辦？」魏建緯說的話好像是沒經過深思熟慮，只屬於年輕情侶間的浪漫話語。

徐容本來不信的，可是魏建緯又繼續說：「我們能生三個孩子，住在偏遠一點的地方，一家五口安安靜靜的生活，度過下半輩子。」

這些話，忽然勾起了徐容遙遠的記憶，她似乎……曾經……有過一樣的生活？

她又再次頭痛異常，差點就站不穩，但魏建緯以為她是體虛，扶了她到床邊休息，一整晚牽著她的手，訴說著對於未來美好的諸多想像。

徐容伴隨著魏建緯的聲音沉沉睡去，在她腦中逐漸勾勒出那美好的未來景象，只是出現的，是一棟陌生的白色屋子，在那門口站著五個人。

但是在一片白茫之中，她看不清來者何人，五個人的影子如此模糊，只依稀知道是兩個大人，三個年齡不同的孩子。

那片朦朧的夢境讓徐容不知道為什麼覺得十分痛苦，自從魏建緯和她說過關於未來的夢想以後，她便開始作那奇怪的夢。

她曾經試圖靠近那棟屋子，但無論她是走是跑，與那屋子，以及屋子前的五個人都保持著一定的距離。

徐容在原地大聲喊著，希望得到回應，但屋前的五人只是靜靜站著，他們似乎在看她，又似乎只是站在那。

那夢境總會令她在夜半中驚醒，且渾身冷汗，就在一晚又再次被這夢糾纏的情況下，她忽然感受到肚子強烈的劇痛，當她醒來只看見床鋪全部是血。

她原本想打掉的孩子，被留了下來。而當決定留了下來後，便又自己離開了。

魏建緯在醫院哭得好傷心，而徐容說不出半點安慰的話語，就結果來說，她還是沒了這個孩子，於是她告訴梁筱菁這件事情。

不知道魏建緯依舊和她有所牽扯的梁筱菁，爽快地付了一千五百萬給她，有種終於將這根魚刺夾出喉嚨的感覺。

當梁筱菁要離開醫院的時候，不經意回頭看了徐容一眼，在那一刻看著她纖細的側身，以及平淡的面容，忽然起了惻隱之心。

她走了回去，對著徐容說：「妳值得更好的人，妳還年輕，也沒有結婚，妳隨時都能重新開始，而我已經離不開他。」

徐容看著她，沒說任何話語，就只是靜靜看著。面對像是失了魂的徐容，梁筱菁只能嘆口氣，離開了病房。

而後，失去了孩子的徐容在醫院待了一天，回到家後魏建緯買了許多補品給她，接下來就是徐禮跟他借錢，以及她原本要去匯錢的那天，魏建緯忽然帶著行李，匆忙地來到了她的租屋。

「我們逃走吧！」魏建緯一邊說，一邊慌張地幫徐容整理行李。

「逃？逃去哪？」徐容問。

「哪都好，我趁著她不在跑出來的，我帶了一些錢，我們現在得立刻……」魏建緯的話還沒說完，徐容的租屋門傳來奮力的敲擊聲音。

「賤人！你們在裡面對吧！給我開門！」梁筱菁在外頭發了瘋的吼叫，她似乎還帶了人來，「快撞開門！快點！」

接著就是門板被劇烈撞擊，魏建緯立刻擋住門板，「妳、妳放過我吧！放過我……」話都還沒說完，門板已經被外頭的人撞開，魏建緯整個人被彈飛出去。

徐容捂住嘴，有些顫抖地看著被撞壞的門板外，站著兩個大漢，而梁筱菁宛如鬼婆一樣的面容站在外頭，她握緊雙拳，憤憤地瞪著在地上的魏建緯，以及站在一旁的徐容。

「妳這賤女人，居然還在勾引他！」她憤怒地踏進屋內，兩個大漢則往後，她先跨過了魏建緯，但魏建緯卻立刻起身抓住她。

「是我回來找她的！不要傷害她！」

「你也是賤人！我對你多好，付出了多少，你就用這點來回報我啊？」梁筱菁抬起腳，毫不留情地踩了下去，那穿著高跟的鞋子往魏建緯的手上踩，讓他劇痛喊出聲音。

徐容開始發抖，但她的腳就像生了根一樣無法動彈，梁筱菁抬起手，但這一次不是巴掌，而是拳頭。

「啊——」徐容被打得往床上一倒，她的右臉頰傳來劇痛，梁筱菁像是發了瘋一般，不斷往她身上打。

在這片痛楚，在這陣慌亂，在這場暴力之中。

徐容卻覺得十分熟悉，她曾幾何時，在某個地方，也曾體會過這樣的事情？

「不要！放過她！」魏建緯撲了過來，將梁筱菁撞至一邊，她的頭因此掛了彩，讓她驚聲尖叫，外頭的大漢則趕緊衝了進來。

「你做什麼？放開小姐！」大漢的拳頭宛如鋼鐵一樣，重重地往魏建緯的背上撲去，他被打得鼻青臉腫，卻依然想保護徐容。

這也算得上是有情有義的外遇丈夫了，只不過是對小三有情有義，看在梁筱菁眼中既是憤怒又是痛苦。

她起身，更加奮力地打著徐容的臉與身體，帶著淚水與憤恨，彷彿想將自己的所有不堪都發洩在這小小的身軀之上。

徐容雖痛，但除此之外沒有其他更多的想法，她對於這樣的慌亂與痛楚，以及大家痛苦的叫聲，都覺得熟悉無比，在哪裡、在何時，還有誰？

就在這時候，她的手機響了起來，這鈴聲讓所有人暫停了動作，同時也發現租屋外面有人圍觀，甚至似乎報警了。

但梁筱菁氣不過，她要毀了徐容的所有生活，所以她直接拿起電話並接起，想告訴來電者，徐容是個勾引別人老公又墮胎的賤人。

她一接起來，便先聽見對方問到錢的事情，許多猜測瞬間在梁筱菁腦中呈現一個最直接的答案，這個看似清純天使的女人，設計了一場仙人跳，拿走了一千五百萬，還讓魏建緯對她死心塌地！

「錢？現在是怎樣？仙人跳？你是哪裡的男人啊?!」梁筱菁再一次用力打了徐容一巴掌，而徐容想起了今天要匯錢給徐禮，她不想讓徐禮知道自己發生什麼事情，所以她想搶回電話，可是卻沒有力氣。

這場鬧劇最後在警察的出面下結束，即便徐容和魏建緯犯有妨礙家庭罪，但梁筱菁卻有著恐嚇、傷害等罪名，加上圍觀的人多，也被人錄影了下來上傳網路。

沒多少人知道徐容是誰，但是很多人知道魏建緯和梁筱菁是誰，所以這場鬧劇，幾乎是三敗俱傷，梁筱菁被魏建緯反告的罪更重。

然而這一切，對徐容來說彷彿都像是不痛不癢的小事一樣，因為當她在醫院處理傷口，接到了徐懿的來電時，那真正的恐懼，與過往，才真正的再一次浮現。

那些若有似無的夢境變得清晰，那些曾經在她身邊尖叫、謾罵、毆打或是說一些恐怖的話的畫面，在她腦中、耳邊，變得歷歷在目。

然後她掉下了眼淚，那個她曾經最喜歡的姊姊，徐欣，死了。

*

「徐欣的葬禮在我們得知她死亡後的幾天舉行，我看過她的遺體，有夠恐怖的，而徐禮居然還不敢進去看。」徐容聳聳肩。

「這些年來，妳都沒有跟徐欣聯絡嗎？」陸天遙將一旁的水倒入硯臺之中，再拿起墨塊繼續緩緩地磨著。

「在她高中離開家裡……應該說，在很小的時候，我就時常忘記自己有過一個美麗和諧的正常家庭。」徐容咬著指甲，而她的外型又逐漸長大，變成了穿著護士衣服的漂亮女孩，「很奇怪，不是說長大了會忘記嗎？為什麼那件事情我還會記得呢？」

「但妳的確忘記了啊，在妳得知徐欣死亡以前，妳不是時常忘記自己有哥哥姊姊呢？」

「對呀，我想我是刻意遺忘的，時間久了還真的就忘記了。」徐容開心地說著，但隨即皺下眉頭，「但那也太不牢靠了吧，知道徐欣死了以後，以前的記憶卻瞬間回來，就像現在，我剛到這時明明不記得，可是隨著我故事說到這裡，我又想起來了……」

忽然，徐容的身體又緩緩縮小，變回了五歲的模樣，她的雙眼驚恐地左右張望，背後的公主床也成為了有著粉紅色床套的小孩子床鋪，那個曾經位於透天獨棟的三樓，屬於她和徐欣的床鋪。

徐容趕緊拉開棉被，將自己全身包覆，只露出了五官在外，她的雙手左右拉著棉被來到臉頰兩側。

陸天遙拿起毛筆，等著徐容說話。

「五個人變成六個人。」徐容輕輕開口。

那棟在她夢境中出現的白色屋子，原本門口只站著五個人，但是當她流產以後，她再次夢見時，屋子前原本該是年紀最小的那個人，她的身邊又牽了另一個更小的小孩子。

而她朝那屋子跑，這一次並沒有怎麼追也追不到，而是隨著她的前進，那屋子離她越來越近，她也越發能看清楚屋前的人。

那是年輕的徐懿以及李欣容，一旁站著國小的徐禮，還有孩提時代的徐欣與她自己。所有人皆帶著怪異的笑容看著自己，並且對她招手。

然而兒童的自己，手邊牽著的是一團看不清楚是什麼性別的肉塊。

這讓徐容沒來由地哭了起來，她知道那是什麼，那是她沒機會出生的孩子。

「把他還給我——」徐容喊著，而那群人轉身進去了屋內，頓時室內電燈開啟，昏黃的燈光在裡頭蕩漾著詭異光芒，徐容走到了大門前，而那門應聲而開。

李欣容站在玄關，對她伸出雙手說著：「歡迎回來。」

她知道這是夢，但不確定是不是曾經發生過的現實，但她回想起了當年住在這屋子的事情，明明才五歲的她，卻像是在看電影一樣，對所有畫面都鉅細靡遺。

如果要說，這一切得從徐欣撿回了貓開始。

她只知道，因為貓的關係，讓徐欣的朋友方儀受傷了，也因此他們全家必須搬家，來到了那棟屋子。

然而來到這裡之後，徐欣卻變得很奇怪，與以往愛開玩笑又愛鬧的調皮個性不一樣，總是會對徐容說一些可怕的話，讓幼年時期的她，天天都飽受驚嚇。

如果要說契機，便是那一次，當她和徐欣在水溝邊玩的時候，一個重心不穩摔了下去，額頭上也因此有了一個永久性的疤痕。

她記得當時很痛，所以她一直哭，然而李欣容在將徐容抱回屋內的時候，卻激動地問著：「是不是徐欣傷害妳的？是不是她推妳的？」

不是，我是自己跌倒的。

因為姊姊說好像有什麼東西在旁邊，可是我只看到蝌蚪。

然後她好像嚇了一跳，所以她叫了一聲，我被她的聲音嚇到才跌下去的。

當時，徐容原本想這麼說。

可是才五歲的她，除了被疼痛給嚇得不知所措外，就是她想起了剛才她受傷時，李欣容過來抱住她的時候，抓著徐欣的肩膀並且對她大聲講話。

一直以來，李欣容都特別疼愛徐欣，那種爭寵的本能是與生俱來的，更別說當下明明自己受傷了，但李欣容卻在徐欣暈倒後，立刻放下自己，轉抱徐欣上樓。

所以在那個當下，徐容改口了。

她看著李欣容的眼睛，然後點點頭。

「姊姊推我。」

童言無忌，而又有誰會去懷疑一個可愛的小女生的話呢？

徐容在那天夜裡獨佔了李欣容的懷抱，對此她感覺到相當開心，但她不知道這件事情造成了多大的影響。

三個孩子的母親，她的愛也得均分，但有時候有些孩子想要獨佔。而年紀小小的徐容在那一次後發現兩件事情可以獨佔媽媽，第一個，受傷。只要自己受傷了，媽媽便會特別照顧自己。

第二個，如果那個傷是徐欣造成的，那媽媽就更會在乎自己，並且會對徐欣很兇。孩子的邪惡，大概是最純粹的吧。

「徐容，妳睡著了嗎？」半夜，徐欣搖晃著徐容，她瞇起眼睛朦朧睜開，只見在月光的照耀之下，徐欣的臉慘白無比。

「怎麼了？」她打了哈欠，而徐欣要她小聲點。

徐欣的眼睛盈滿淚水，壓低的聲音如此顫抖，「徐容，妳知道什麼是鬼嗎？」

她搖頭。

「一種很可怕、很可怕的東西，他們看起來很恐怖，他們會傷害我，他們會躲在暗處偷看我。」徐欣的眼淚掉了下來，「我們家有兩隻鬼。」

徐容被她這麼一說，也有些害怕了起來，她靠向了徐欣一些，「姊姊，我會怕。」

「那兩隻鬼都是女生，他們是母女。」徐欣抱住徐容，「就像妳和媽媽一樣。」

那句話對當時的徐容來說，她聽不明白，但是她往心裡放了，隨著年紀長大，她慢慢理解了那句話的意思。

可惜她理解得太晚。

徐欣後來剪去了長髮，以往她總是綁著漂亮的辮子，徐容好喜歡徐欣的辮子，她一直想跟徐欣一樣，可是自己的頭髮總是一留長就會被李欣容帶去剪，所以從以前到現在，都是妹妹頭。

當時五歲的她，和徐欣相處的時間遠比和徐禮相處的時間多，她對徐禮的印象便是一個帥氣又高䠷的男生，任何事情都做得很好，爸爸徐懿很看重他，而媽媽李欣容則以他為傲。

徐禮像是家裡的一個模範生一樣，總是很溫和，對待自己也很好。也許是年紀真的相差太多了，又或者說徐禮是男生，徐容對他並沒有太多的嫉妒心情，因為大多數的時間，徐禮也都在念書、寫作業或是補習。

而徐欣不一樣。

「這是我的！」徐欣吼著，從她的手中搶過了徐懿因為搬來這棟屋子後所買的大娃娃。

「是爸爸買給我的！」徐容不甘示弱地想搶回來，但是她的力氣哪有可能會是徐欣的對手，大娃娃文風不動地在徐欣的懷中。

「哼哼，我是姊姊，本來就該我先玩！孔融讓梨沒聽過？」徐欣仗著自己比較年長，時常會和徐容搶玩具。

「哇……哇哇！」而徐容唯一的武器便是哭。

「妳又哭！」徐欣摀起耳朵，而在樓下聽見徐容哭聲的李欣容嚇得趕緊跑上來，生怕又是什麼意外發生。

然而當她來到三樓，瞧見了兩個女孩在床上，中間橫躺著新的大娃娃，徐欣不耐煩地摀著耳朵，而徐容哭得鼻涕流出，大概明白是什麼狀況了。

「媽媽，姊姊不給我玩具！嗚嗚嗚——」徐容使勁地哭，大顆的淚珠滑落，看起來好可憐。

「媽！徐容每次不順她的心，她就要這樣哭，而且我昨天已經給她玩一整天了耶，今天換我了吧！」徐欣年紀比較大，當然說話也比較有條理，但這也不是謊言，她昨天的確都在寫作業，而徐容則因為沒有徐欣跟她搶娃娃，反而對那個娃娃興致缺缺，非得到了今天徐欣要玩了，她才要搶。

但孩子就是這樣呀，搶來的飯和玩具，都比較好吃好玩。

「好了，小容，姊姊昨天很乖很認真地寫作業，還幫媽媽做家事，可是妳玩具玩完都沒有收，然後每次都不好好講話要用哭的，這樣不行喔。」李欣容從一旁抽了幾張衛生紙，幫徐容擦乾了臉上的淚水，但徐容還是用盡力氣地哭著，哭到臉都紅了。

「我要玩！我要玩！」她開始耍賴。

「讓姊姊玩！妳再哭就沒有點心。」李欣容雙手扠腰，她不會因為孩子哭就讓他們予取予求，必須要讓孩子明白什麼是對與錯，不是耍賴就有糖吃呀。

「算了啦，給妳啦！」徐欣受不了徐容的魔音穿腦，她從床上跳下去，「我要去玩徐禮的電動。」

說完後徐欣便蹦蹦跳跳離開了房間，然後傳來她下樓梯的輕快腳步聲。

「妳看看妳，真是不乖。」李欣容雙手扠腰，回過頭看著徐容搖頭，然後也離開房間，下樓去準備晚餐。

一瞬間房間只剩下自己，徐容自討沒趣，自己把眼淚擦乾，然後看著那個孤零零的大娃娃，忽然覺得，也沒那麼想玩它了。

她現在，好想玩電動。

於是她跑到了二樓徐禮房間，又開始和徐欣搶著電動，再次用大哭喚來了李欣容，這一次她可就沒耐心了，直接打了徐容的手心。

「哇哇——」徐容哭得更大聲，但再哭，李欣容就再打她的手心。

那力道並不大，說實在的也不會痛，徐容哭的理由是——為什麼？

明明上一次自己哭了，受傷了，就是徐欣被罵，為什麼現在哭了，反而是自己被打呢？

徐容看見徐欣躲在李欣容身後吐舌頭的鬼臉模樣，覺得好氣這個姊姊，要是沒有姊姊的話，媽媽就會最愛自己了。

當天夜裡，徐欣又搖醒了徐容，這一次她依然驚恐的模樣，說著窗戶外面有人，看見她害怕的神情和下午那囂張的模樣完全不同，徐容有些高興，但是徐容為了證明自己比徐欣還要勇敢，所以她即便有些害怕，還是回頭看了窗外。

而外頭月光皎潔，星星滿天，什麼也沒有。

徐容在內心偷笑，發現徐欣平時會欺負自己，但卻在害怕一些根本沒有的東西。

「妳看到了嗎？」徐欣用氣音問。

徐容搖頭，「但是我相信有人。」

徐欣因為她的這一番話，而流露出了笑容，所以徐欣近乎感動地擁抱住她，而徐容卻不知道是為了什麼。

以往李欣容都會和徐懿一起去上班，可是自從搬到這裡後，李欣容總是在家，除了有時候李欣容必須去工廠幫忙徐懿外，會把徐容送到臨時的私人保母那，不然在徐欣和徐禮去上課的這段時間，徐容總是可以一個人可以獨佔所有的李欣容。

有時候，會有不認識的阿姨來家裡作客，李欣容總是會說著說著就掉下眼淚，而那位阿姨會溫柔的握住李欣容的手。

徐容看過好幾次，李欣容交給那阿姨一個信封，但她不知道是什麼。

李欣容對她說：「這是我們的秘密，不能告訴其他人喔。」

雖然不知道為什麼，但和媽媽有個共同秘密，是徐容的寶物。

最近，徐懿總是忙到時常不在家，週末假日母女三人則會一同在家，徐禮大多時間都在念書、打電動，有時候會出去和朋友玩。

而徐欣因為最近和李欣容相處有點怪異，所以也會一個人待在房間做自己的事情。

這天，徐容和李欣容在二樓主臥房睡午覺而先行醒來，她東張西望地想起床喝水，但是搖晃了李欣容後她並沒醒來，所以她自己爬下了床，想要去一樓喝飲料。

就在她踮著腳打開門把後，聽見了三樓傳來的歌唱聲音，徐容一小步一小步地往樓梯上爬，手還抓著一旁的欄杆，然後她看見徐欣站在房門前，但是房門虛掩，徐欣彎著腰像是在朝房裡偷看。

「姊姊……」徐容揉著眼睛上前，但是徐欣立刻驚慌地轉過頭來，對她比了「噓！」

而當徐欣的臉面對自己時，徐容彷彿還聽到了若有似無的歌聲。

「誰在？」她問。

而徐欣的臉上綻放著閃耀的光芒，她瞪大眼睛，難掩興奮，用氣音說：「大娃娃在跳舞，她在床上跳舞跟唱歌。」

她們管徐懿買的那隻大娃娃就叫大娃娃，她是一隻布做的田園女孩風格，渾身軟綿綿的，很好抱。

「大娃娃跳舞？」徐容從小就是一個不夠浪漫的孩子，她不相信聖誕老人，也不相信有什麼小精靈，所以更別說是玩具會動的這種事情，她想也沒有想過。

也因如此，當徐欣說出大娃娃在床上唱歌跳舞的時候，徐容只覺得奇怪，但是她確實聽見了裡頭有輕微的歌聲。

徐欣瞪大眼睛，她的嘴角上揚，帶著狂喜，「大娃娃會動，我要進去和她一起唱歌跳舞，妳要不要來？」

那是第一次，當徐欣說著奇怪的話的時候，徐容第一次感到害怕。

「我不要……」她邊說邊退後。

「真可惜！大娃娃會喜歡妳的！」徐欣的語調上揚，帶著欣喜，然後她推開了房門，面朝著徐容緩緩進入房內，在門即將關上只剩一條縫隙的時候，徐欣整個人貼在那條縫隙，看著徐容問：「真的不要加入我們？」

「我、我不要……」徐容嚇得快哭了，而徐欣又喃喃著可惜，然後關上了房門。

接著，徐容聽見了房內傳來徐欣的歌聲，還有踩在彈簧床上特有的聲響。以及，在徐欣的歌聲之後，另一道小小的，細微的，女生清唱。

徐容永遠記得那個下午，她渾身發顫地站在自己的房門前，卻不敢進去，一直到李欣容上來看見她居然站著尿褲子了，驚訝的大吼聲才將她喚回神智。

而李欣容打開房門的瞬間，徐容差點尖叫著說不行，然而她所看見的，是徐欣和大娃娃躺在床上睡著的模樣。

自此之後，每當徐欣對她說著哪邊有人，大娃娃又跑哪去了，徐容都會從內心深處感到恐懼。

然而這樣的恐懼，偶爾讓李欣容捕捉到的時候，她會順勢利用害怕引起的顫抖，索取李欣容更多的關注。而所謂的關注，就是對徐欣的恐懼。

有一天非常的難得，徐懿和李欣容出去以後，來到保母家接自己回去，徐容好開心，從她出生以後，這好像是第一次一起獨佔了爸爸媽媽。

但是，爸爸和媽媽在車上吵架了，不過因為徐欣來了一通電話，兩個人好像就不開心了。

所以徐容有點不平衡，怎麼徐欣不在，爸媽都可以因為徐欣的事情被影響情緒呢？

「姊姊，怕怕。」所以她這麼說，即便當時還小，也隱約知道這些話聽起來不好，但是徐容害怕徐欣也是事實，所以徐容說了。

而後爸媽又吵了起來，徐容不敢再說話，回到家以後，因為心虛，她趕緊拿了要給徐欣的食物，立刻往樓上跑。

李欣容隨著她進屋，先行去了廚房，而徐容來到二樓，卻看見徐欣坐在小客廳的沙發，兩眼發直地看著電視畫面，而電視並沒有打開，電燈也沒開，所以當下徐容嚇了一跳。

她摸著牆壁上的開關，踮起腳尖按下了電源，徐欣彷彿在喃喃自語一樣，而徐容來到徐欣的身後，歪著頭說：「姊姊？」

徐欣似乎在發抖，指尖捏緊著沙發都泛白。徐容繞到了她旁邊，歪頭看著徐欣，又喊了聲：「姊姊？」

但是她依舊沒有反應，這一次徐容坐上了一旁的沙發，「姊……」

「不——」徐欣猛然尖叫，一手揮了過來，甩上徐容的臉頰，嬌小的徐容哪能承受如此巴掌，整個人往一旁飛了出去，撞掉了食物以及一旁的花瓶，傳出了破碎的聲響。

徐容愣住，她覺得全身劇痛，但卻不及內心的驚訝，她抬頭看著忽然攻擊自己的徐欣，一手摸著自己的臉頰，覺得嘴巴有個奇怪的味道不斷湧出。

而徐欣怒視著她，但卻淚眼婆娑，而聽到動靜的李欣容衝了上來，見到此情狀便失控了。

「妳到底在做什麼！」

「妳為什麼要打妹妹？為什麼?!」

李欣容彷彿要將徐欣打死一樣，像是甩大娃娃一般，把徐欣摔了出去。

而徐欣半聲都不敢吭，只是抱著頭縮在地上，不斷哭泣與顫抖。

「妳知道什麼是鬼嗎？一種很可怕、很可怕的東西，他們看起來很恐怖，他們會傷害我，他們會躲在暗處偷看我。」

徐容想起了徐欣之前說過的話，她看著眼前發狂的李欣容，看著剛才忽然揍向自己此刻卻縮在地板的徐欣。

「我們家有兩隻鬼。」

徐容淒厲地大哭起來，除了身體的痛楚，更大的是內心的恐懼超過了她所能承受的範圍。

她們家，有鬼。

＊

床上不知道什麼時候放了兩杯熱飲，一杯是牛奶，一杯是紅茶。

徐容像是作了一場夢醒來一樣，先是愣了下，才又抬頭看著正飛快在書上記錄下她所說的話的陸天遙。

「這是什麼？」

「啊，妳可以喝。」

「但是怎麼會忽然出現？誰端來的？」徐容好奇，然後看到了自己腳邊不知何時坐了一隻黑貓。

「好可愛呀……」徐容邊說，邊伸手摸了黑貓的頭，牠舒服地閉上眼睛，在徐容的掌心中發出呼嚕聲。

「你們養過貓嗎？」陸天遙天外飛來一筆。

「我不記得了。」徐容搖頭，而那隻黑貓張開雙眼，竟上前舔了下徐容眼前的牛奶。

「小黑。」陸天遙嘆氣，沒辦法地看著牠。

而黑貓只是捲捲尾巴，似乎還露出了狡詐的微笑，然後跳下了床，朝右方書櫃走去。

「可以給牠喝。」徐容說著，拿起了另一邊的紅茶，「我喝這個就……」然而當她低頭，卻發現裝有牛奶的那個杯子不見了。

她立刻抬頭想找尋，但陸天遙只是聳聳肩，「不用管了，妳喝吧。」

「嗯……」

「那一天，發生了什麼事情呢？」

徐容知道陸天遙問的是哪一天，她整個童年，幾乎所有人都在問那一天的事情。就連在徐欣的葬禮之後，徐禮對於想求和的徐懿，都暴怒地吼著想知道真相，並要她說出那天在房間的事情。

她們怎麼會認為，才五歲的自己，會記得什麼，會知道什麼呢？

雖然，徐容的確記得。

然而徐禮卻一直以為，是徐懿殺了李欣容，是徐懿從小洗腦她們「媽媽是被鬼殺死的」，難道徐禮以為他是眾人皆醉我獨醒嗎？

雖然自身的成績不及徐禮，但她腦子可沒問題，怎麼可能徐懿說了媽媽是被鬼殺死的，她們就會真的相信呢？

「妳的媽媽，是被誰殺死的呢？」

面對陸天遙的提問，徐容只是揚起了嘴角的微笑，看著他說：「我的媽媽，是被鬼殺死的。」

對於她的回應，陸天遙並不意外。

「那妳為什麼自殺呢？」

「因為我想起了那一天，也想起了自己小時候，因為無聊的嫉妒，加油添醋了說了徐欣的壞話，那些看似沒有什麼，但卻影響了我們整個家。」

「但是妳和魏建緯……」

雖然那一天他們兩個都被打得如此慘烈，但也多虧如此，他們逐漸能夠走在一塊兒，只是離婚的程序還在走。

而魏建緯雖還沒離婚，卻向徐容遞上了戒指。

然而，那棟房子倏地又出現在徐容面前，這一次，多了魏建緯站在門前。

「沒有我，他會更好。」徐容誠摯地說，此刻，她坐在窗台邊，後頭的風吹拂著她的頭髮，穿著護士裝的她閉上眼睛，彷彿又再一次感受到了人生唯一一次幸福的時刻。

就是在魏建緯對她說著：「我們能生三個孩子，住在偏遠一點的地方，一家五口安安靜靜的生活，度過下半輩子。」

而在這句話之後，不會出現那棟屋子，也不會出現她的家人對她招手的模樣。

她嘴邊泛起淒楚的微笑，鬆開了攀附在窗台邊緣的手，感受到自己失去了支撐而往下墜落的速度感。

啪——

第五章

李欣容

陸天遙闔上徐容的本子，並且將放在一旁的徐懿、徐禮、徐欣都拿出來。

他考慮著該用死亡順序、還是事件順序來排序，故事的起承轉合該怎樣變化，讀者在看的時候，才會覺得像是抽絲剝繭一樣，慢慢找到想知道的地方呢？

「喂———」白門後再次傳來叫喊，這一次伴隨拍打，「都完畢了吧？」

「我還在整理。」

「你真是有夠龜毛，在整理什麼？」白門後的人已經不耐煩，「好好一本書，早就能完成了，你可以加快蒐集故事的速度嗎？」

「我不像你那麼輕鬆，只需要面對一個人。」陸天遙瞥了下白門。

「一個人？講得這麼輕鬆！沒有我去找，你會有後面這些故事？」那人似乎被激怒了。

「好啦！先不要吵我！」陸天遙雖然不會頭痛，但還是覺得自己此刻頭痛欲裂。

「順著你的直覺就好。」白門後的人說著。

這句話如同醍醐灌頂一樣，讓他湧現了靈感。

「好，我的順序就是徐欣、徐禮、徐懿和徐容了！」他說完，那屬於徐家人個別的本子浮在空中並發起了淡淡的光芒，接著那些原本寫在紙上的毛筆字像是貼紙一樣，從紙上浮了起來，在空中排序。

接著從書櫃一旁飛出了好幾張紙並自動對摺，紙張全數疊在一塊兒，而那些紙，從另一邊飛出了暗紅色牛皮的硬紙板，浮在空中的文字倏地印入了紙張上。

陸天遙看著成書只差最後，他起身來到白門前，而黑貓彷彿等很久似的，從一旁跑了過來。

「我要開門了。」

「好。」

黑貓喵了一聲，那白門上終於出現了門把，而白門逐漸幻化成白霧，在那團霧之中，出現了一個女人。

女人的手上拿著一本筆記本，上頭寫著——李欣容。

「陸天……」陸天遙朝白霧之中喊，但那陣白霧再次轉換成門。

「她就交給你了，快點把書做好吧。」白門後頭的他如此說。

李欣容一臉茫然，看著渾身黑衣的陸天遙與一旁的黑貓，似乎有些訝異，她轉過頭看了白門的位置，但那已經變回書櫃。

「請把妳手上那本，交給我吧。」陸天遙如此說。

「我能看我家人們的……」李欣容開口，但隨即搖頭，「我問過了，是不行的。」

「妳比妳老公識相多了。」陸天遙滿意地笑了笑，接過了李欣容手上的書，瞥了一眼原本該是白門的位置，但現在連白門後的人也不說話了。

「大概是我死了比較久，又比較接近真相的關係吧。」李欣容如此說。

她的面容，一如年輕時期，不會變化，也不會隨著故事的進展而改變。

「妳確定妳接近的就是真相嗎？」陸天遙好奇，事實上，連他也還沒看過李欣容的故事，所以他還在想，該把李欣容的角度，放在哪一章節。

他望了一旁尚未完成的書，再看看眼前的李欣容。

然後圖書館的大門倏地開啟，從這裡就能看見圖書館外頭的景色，那有兩扇門，黑與白。

「我等了這麼久，要去的地方就是那裡嗎？」李欣容推了下眼鏡，回頭看了他。

「嗯，妳走出去後，自己會選擇一道門。」陸天遙扯了嘴角，「那就是妳該去的地方。」

「是天堂與地獄的選擇嗎？」

「我不知道。」陸天遙由衷地說，「只是會給妳一個，合適的地方。」

「那我的家人們，都去了哪？」

「他們去了一開始到來的地方。」陸天遙看著李欣容，纖細、瘦弱，但雙眼帶著堅毅不拔的光芒，如此的女性，怎麼會動手傷害徐欣？

「我有機會再見他們嗎？」李欣容朝圖書館的門走去，「如果我想去的地方，是有他們的地方，那我能到達嗎？」

「妳與他們這一世的緣分，在死亡的時候就切斷了。」陸天遙如實說。人死亡後，除了陰間、天堂外，其實還有很多地方可以去，還有很多選擇，有許多不同的維度與空間和次元。

在同一個地球，你都很難在有限的生命之中遇見相識的人了，何況是更加龐大的彼岸呢？

「真是……可惜啊，我當年為什麼……沒有早一點採取行動呢？」李欣容流下了眼淚，走出了圖書館，但卻在門前轉過頭看著他。

「你不陪我嗎？」她朝陸天遙伸出手，但他卻搖頭拒絕。

「我該選擇白色的你，還是黑色的你？」

這句話令陸天遙一愣，他看著李欣容，差點就要向前。

但與此同時，李欣容眼前的黑白門變成了另一扇門，以往通往三樓，她兩個女兒房間的那扇木門。

「妳……」陸天遙上前，要喊住她。

「喵～」但黑貓忽然跳到了大門前，坐在正中央打個哈欠，擋住了陸天遙的去路，圖書館的門應聲關起，陸天遙不會知道李欣容選擇了哪道門，也不會知道兩扇門後分別是什麼。

「喂。」他試探性地，喊了聲。

但是白門沒有出現，門後的人也沒有回應。

陸天遙深吸一口氣，故事的最後，總是他一個人看著最初。

於是他打開了李欣容這本薄薄的本子，時而凌亂，時而娟秀，來自李欣容的筆跡，他翻了幾頁發現甚至沒有寫滿。

故事，從徐欣撿到貓的那一天開始。

＊

今天一直覺得很不安，十分十分不安，我從來沒有這種感覺過。

我有三個可愛的孩子，一個疼愛我的好丈夫，如果說我人生要發生什麼恐怖的事情，希望不要是他們四個，他們四個比我的生命還要重要。

這一天，外頭下著午後雷陣雨，我還慶幸著早上有看氣象，提醒徐欣要記得帶傘，否則她現在該淋成落湯雞了。但若徐欣真的忘記帶傘，我也會跑到學校去接她的。

但無論有沒有撐傘，在大雨中回家一定會想喝點熱的吧？我一邊這麼想，一邊把熱水加熱，準備泡熱可可或是牛奶。

「媽媽！媽媽！」但就在這時候，我聽見了徐欣在外面喊叫的聲音，那音調帶著慌張，讓我有些緊張，趕緊開了鐵門。

我注意到她的手上抱著兩隻小貓，而後頭的方儀——她在學校最好的朋友——手裡則抱著三隻小貓。

她們似乎是在回家的路上發現了這些被遺棄的小貓，我趕緊準備了箱子和毛巾以及暖爐，然後吩咐兩個小女孩快去洗澡，感冒可就不好了。

而當她們去洗澡時，我才注意到這些小貓。

「哎呀……」我忍不住驚呼，抓起了其中一隻黑貓，牠的喉嚨被割開了，早就沒氣，一路抱著牠回來的徐欣沒有注意到嗎？

而我趕緊看向其他小貓，原本方儀抱的三隻小貓也因為失溫死亡，只剩下一隻小白貓僥倖活著。

忽然我意識到，是時候告訴徐欣什麼叫做「死亡」了，這是一個機會的生命教育，所以我覺得需要慎重地和她說明。

我將小貓們放在紙箱之中，再將方儀的制服放到烘乾機裡頭，照料了先行洗完澡的方儀，等徐欣出來後給了她杯熱牛奶，然後要她們一同摺著七彩紙鶴，才帶著她們來到紙箱旁。

被割開喉嚨的那隻小黑貓，我特意用毛巾蓋住了牠的臉邊，並且稍稍移動了一下牠的頭，讓傷痕別那麼明顯，死亡可以告訴孩子，但是人性的惡意也許還不需要這麼早……

然而就在兩個孩子把紙鶴分別放在四隻小貓的屍體旁邊，告訴她們一起為小貓們禱告，牠們去了無病無痛的世界。

但我沒想到的是，徐欣居然伸手摸了小黑貓，這讓我一驚，卻又不能太大的動作，否則要是一個不小心，拉扯到了那傷口，就會讓孩子們看見了。

徐欣的小手似乎在撫摸黑貓的頭頂，彷彿在與牠道別一樣，我內心稍稍鬆了一口氣，正覺得她的反應很可愛時，徐欣忽然整隻手掌包覆住小黑貓的頭，將牠扭轉了過來，那咽喉間的傷口也因這番拉扯變得更大，小黑貓的舌頭吐了出來，那脖子的血紅滲出血，被徐欣擋住視線的方儀並沒注意到，她只在一旁看著僵硬的小貓，並不敢伸手觸碰。

「死了……」徐欣淡淡地說著，便起身回到在暖爐前取暖的小白貓那，再一次地伸手摸著小白貓說：「活著，軟軟的、暖暖的。」

對於徐欣初次面對小動物失去生命的舉動，我覺得有些怪異，但卻不知道該如何解決，我曾經在書本上見過，有些孩子對於生死比較遲鈍，也許徐欣就是這樣，這需要花時間耐心的讓她去學習。

加上事後徐欣也表現正常，所以我為了讓徐欣能夠更能明白生命可貴，以及失去的傷痛，我決定收養了那隻白貓，取名小白。

「貓貓，可愛。」徐容喜歡跟著白貓跑來跑去，白貓似乎不喜歡被徐容不懂得控制力道的碰觸，所以總是四處逃竄，最後小白發現櫃子上面是徐容看不到也摸不著的地方，便喜歡待在櫃子上了。

這下子換徐禮會抱怨，每次半夜出來客廳，會被雙眼在漆黑中發亮的小白給嚇到，但徐禮對於白貓還算是疼愛有加。

「小黑就喜歡待在沙發底下，是因為是黑色的嗎？」但是徐欣卻說了怪話，我們一家人面面相覷，但很快地我注意到徐欣手中的黑色布娃娃，看起來雖像是貓，但那只是某個卡通角色的娃娃罷了。

「哈哈，好可愛呢。」徐懿覺得徐欣把布娃娃喊成小黑貓這件事情很有小女孩的天真爛漫，於是有時也會跟著她喊小黑貓、小黑貓。

徐禮不屑，並沒跟著起鬨，而徐容壓根不知道什麼意思，反正都可以一起玩。但我內心那股不安卻無法壓抑，因為徐欣已經國小二年級了，不該是會分不清楚活物和玩偶的年紀，她不是鬧的，她很認真地把那布偶當成黑貓。

有一次，她甚至打開了貓罐頭給布偶吃，徐容還有樣學樣的，但是徐懿卻一直覺得他的兩個女兒行為可愛，我告訴他這怪異之處。

「是不是當時徐欣的確看到了那個傷口，所以對她的心靈造成了衝擊，才會用類似保護自己的方式，要抹去那恐怖傷口的記憶，幻化出了小黑貓的存在？」睡前我在房內對徐懿說，但這粗神經的男人只一直說我想太多，並沒有放在心上。

我並沒有想太多，因為很快的，一件改變我們家的事情發生了。

那一天又是下著大雨的日子，我正要外出買點東西，正好見到了徐欣帶著方儀來家裡玩，她說要來看貓。

我應該要留下的，我真的應該要留下來。

但是我只是去巷口買那攤發財車的水果，我想很快就回來了，所以我還是出去了，留兩個孩子在家，這是我這輩子做得最錯的事情。

快到家門前，我已經聽到了尖叫聲，我嚇得趕緊打開家門，卻見到徐欣拿著美工刀片，坐在方儀的身上輕輕劃著，方儀嚇得哭到不知道該怎麼反抗，而客廳有隻白貓渾身是血，喉嚨被割了開來。

「妳在做什麼！徐欣！！」我尖叫著，徐欣才像是回神一樣，愣愣丟掉了手裡的美工刀，然後站起來看著方儀，又看了白貓。

接著她驚慌地大哭起來：「方儀，妳沒事吧？」

「啊——啊啊啊——」方儀恐懼地尖叫，揮開了徐欣要攙扶的手，我趕緊抱住方儀，往外頭跑去，她的臉上全是刀片劃出的傷痕，雖不嚴重，但整張臉盈著血珠看起來還是很驚悚。

「怎麼會這樣？就說不要那樣用小白了，小黑會生氣，小黑把方儀抓傷了！」徐欣邊哭邊說，我簡直不敢置信。

在那一刻我確定，徐欣生病了。

也同時確定了，當時那平空出現的兩百萬，是徐欣偷的。

她小一就會偷錢，小二便會傷害朋友，她出了問題了。

無論是什麼病，還是中邪都好，徐欣就是不正常。

但即便這樣，她也是我的女兒，我還是要保護她，所以我立刻將快放寒假的孩子全部留在家中，以防他們到學校聽到同學間的耳語。

例如徐欣拿刀片割傷了方儀這種話。

況且徐欣本人根本不記得，她的版本似乎真的就是小黑抓傷了方儀，她真的認為那隻布偶是活著的貓。

「現在你還能說可愛嗎?!」我對自己不夠警覺而感到自責，對方儀的父母也難以交代，好在醫生說雖乍看像是毀容，但只要細心照顧，不會留下太過明顯的疤痕。

我和徐懿當然也對方家父母表示，絕對會負責任到底，但請不要找上徐欣，她什麼都不記得了。

為了有備無患，我們趕緊處理了搬家和轉學的事情，父母都會希望讓孩子童年別太多陰影，對吧？

原本我還天真的想，會不會那天徐欣只是突發狀況，因為她後來都好好的，加上剛搬家讓我們手忙腳亂，結果馬上又發生了另一件事情。

徐容掉到水溝裡面了，在那個瞬間，我馬上把方儀的事情重疊，在第一時間喝斥了徐欣，她無辜的雙眼滿溢恐懼，我頓時又感到愧疚，說不定只是意外，但我卻……

所以為了求證，我問了徐容，「是不是徐欣傷害妳的？是不是她推妳的？」

「姊姊推我。」我親愛的小女兒不會說謊，她才五歲呀。

卻道出了這可怕的事實，徐欣，做出了傷害人的事情，連同她的妹妹。

「妳別這樣想，徐欣不會是動手打妹妹的人，雖然她平常和徐容吵吵鬧鬧的，但是……」徐懿如此安撫我，但我看著徐容的傷疤，理解了當時方儀父母的痛。

「我會去問問看徐欣，到底怎麼回事。」我不是那種只聽片面之詞的媽媽，我還是會給徐欣機會，我會聽聽看她的說詞。

「但是徐懿，我要跟你說，徐欣真的怪怪的。」我並沒有將徐欣拿刀割方儀的事情詳細告訴徐懿，他隱約猜到，卻不問也不證實。

他喜歡逃避，好像不去知道事實，事實就不存在一樣。

於是我來到徐欣床邊，正昏睡的她看起來面容就像天使一樣，誰知道她的行為卻是如此令人畏懼。

我原本還保有一點點希望，要是徐欣醒過來以後，說她不記得了，那我會馬上帶她去看醫生，或是去拜拜。

因為我認為，徐欣要麼就是一個對於他人的苦痛比較遲鈍的孩子，這需要看心理醫生。而或是她真的就是卡到陰，像上次攻擊方儀那樣中邪。

只是令我想不到的是，徐欣醒來後所說的，居然是她看見了鬼。

我不知道那瞬間哪來的記憶，在很久以前，我和她曾經一起看過一部電影，敘述著單親母女搬到新家，而女兒屢屢見鬼，把媽媽嚇個半死，所以無論女兒做了什麼事情，媽媽都是包容與體諒，最後並找到了化解方式，是皆大歡喜的結局。

當時徐欣還問過我：「妳怎麼能確定小女孩真的見鬼了？如果她是假裝的呢？因為根本沒有其他人看到鬼過啊。」

電影裡的小女孩所做的事情，包含殺害小動物、陷害學校同學、除掉阻礙自己的人事物等等。

而因為所做並非本意，反倒會讓觀影人認為小女孩很可憐。

所以當此刻徐欣講出有鬼的時候，我第一直覺反應就是這是藉口，她想要讓人家覺得她很可憐，她想要被原諒卻又不說真話。

「那妳說，她們現在在哪裡啊?!一切都是妳編造的，那是假的！」我逼她說出鬼在哪，想要她承認她的謊言與錯誤，但是徐欣只會哭。

若女人的眼淚對男人來說是殺傷力八十的武器，那身為小女孩的徐欣的眼淚，便是一百五十的獨有的武器。

徐懿衝了上來，非常不諒解我對於徐欣的嚴苛，好像我才是發瘋的人一樣。

我和你這逃避的窩囊廢可不同，我知道徐欣拿起了刀片，割傷了她的好友。而你什麼也不知道，也不想知道，卻說是我反應過度？

於是徐容受傷的事情就不了了之，但我決定要找出徐欣說謊的證據，唯有如此並且當面揭穿她，才能真正的教導她正確的選項。

我開始處心積慮想抓到徐欣的小辮子，就這樣和女兒玩起了諜對諜的遊戲，那一陣子她確實安分了許多，但我們之間的相處卻變得很奇怪，她不再是我熟悉的徐欣一樣。

然而就在我以為一切已經沒事的時候，我卻在某日下午，瞧見了徐欣一個人待在後院玩，當時我正在頂樓曬衣服，徐容則在三樓房間睡覺，這樣看著徐欣，覺得她依舊天真無邪一般，在這陽光明媚，風和日麗的午後，我忽然又有種一切都會好轉的感覺。

但很快的，我注意到徐欣一直蹲在後院的草地上不動，應該說，她好像正專注地看著什麼一樣，因為被她的身體擋住，所以我看不到。出於好奇觀察了一陣子，但看不出什麼所以然，我便離開了頂樓。

回到三樓房間，徐容睡得香甜，而我則將衣物摺好後放到她們的衣櫃之中，但就在我將徐欣的衣服放到櫃子時，卻發現她的衣物櫃有一個奇怪的東西，藏在層層衣服底下。

我伸手一碰，一種怪異的感覺油然而生，趕緊抽回了手，我回頭看見徐容依然在睡，我深吸一口氣，將上頭的衣服拿起來，看到一袋包了好幾層塑膠袋的粉色提袋在那，隱隱約約還帶著腥臭的味道。

頓時我渾身發冷，顫抖地打開了那綁了好幾個死結的袋子，裡頭的東西令我倒抽一口氣，並衝到了廁所乾嘔。

那是一包裝滿麻雀屍體的袋子，每一隻麻雀都被割開了喉嚨。

「媽媽，妳怎麼了？」徐欣的聲音忽然出現在我身後，我整個人嚇到叫了出來。

當我回頭，瞧見我那不過八歲的女兒微笑的面容時，我覺得好害怕，我好怕她。

「妳、妳剛剛……」

「我想要洗澡，我剛剛玩得手都是泥土。」她伸出兩隻手讓我看，連指甲縫裡面都沾滿了深色的汙漬。

「妳、妳去二樓洗……」

「好吧。」她輕快地笑著，一邊哼著歌一邊來到衣櫃這，我偷偷地用一旁的衣服蓋住那裝滿麻雀屍體的袋子，徐欣先是一頓，然後掛著笑容拿起一旁的衣物，轉身往樓下走去。

而我一直到聽見水流聲音，才有力氣站起來，我趕緊將那麻雀屍體拿出來，並快速來到二樓，確定徐欣還在浴室洗澡，才小心翼翼將那包屍體藏到我房間的櫃子之中，打算晚上和徐懿討論。

但是忽然我聽見了三樓睡覺的徐容喊著媽媽的聲音，我趕緊上樓去抱起徐容，可是當我們回到二樓時，徐欣已經洗完澡，人不知道去哪了。

我走回自己的房間時，發現那包裝有麻雀屍體的塑膠袋不見了。

無論我怎麼找都找不到，但是當我到了後院，剛才徐欣一個人蹲著的地方時，我發現有塊土堆像是被挖掘過。

我以為打開了，會看見那塑膠袋被藏到了這，可是不是，裡頭放著的，是許多被開腸剖肚的青蛙屍體。

我畏懼自己的女兒，並開始害怕且思索，我生下了什麼怪物。

她不是生病，也不是中邪，如果說世界上真有邪惡的本身，那大概就是她了！我確定這一點，是某日她打了徐容。

從把她推下水溝後，又打了她。我在那瞬間完全失控了，我就是伸手攻擊了她，我也不知道我怎麼了，為什麼我會下手那麼重？

可是徐欣瞪著我，她手裡好像還有銀亮的東西，難道是小刀嗎？

再這樣子下去，有一天，殺小動物已經不會滿足她了，她會殺人的，她會犯下很多罪。

身為父母，身為把她帶到這個世界上的母親，如果我不能教導她走上正軌，那我唯一該盡的責任就是除掉她，別讓她以後有機會害人！

所以在那個當下，我是真的想要殺死她的。

「妳在做什麼！天啊，欣容！妳冷靜一點！」

一直到徐懿拉開我後，我都還有想殺了她的衝動。

但我聽見徐容在哭，我看見嬌小瘦弱的徐欣瑟縮在地上渾身顫抖，她的雙眼充滿了恐懼和淚水。

那一瞬間，我又心軟了。

她還只是個孩子，她這麼小，她會傷害誰？她能傷害誰？

我們之間，到底是誰出了問題？

我從來沒想過自己的死亡方式，但我理想中的死亡，是在家人環繞的情況下，躺在床上安穩的睡去，那大概是最輕鬆又美麗的死法吧。

所以，被女兒殺死這一點，從來不在我的計畫之中。

當然，一直想殺死女兒，也不曾是我人生所考慮過的。

那一天下午，我聽見了徐欣在和徐禮爭吵，她要徐禮認同有鬼，又說著他房裡有鬼，但徐禮是個成熟的大孩子了，他不相信，也說出了和我差不多的話。其實我最慶幸的就是，這時候的徐禮正值喜歡和朋友待在一塊兒的年紀，加上他總是在用功念書，所以並沒有注意到徐欣的怪異，也沒有被徐欣所影響。

他不像徐容，因為太小了，容易被牽走。

所以我並沒有出面，繼續待在自己的房內摺著衣服。

在徐禮用力關上房門後，我聽見徐欣的哭聲，但慢慢的轉為笑聲，很輕很細，但聽起來不像是她的聲音。

我放慢腳步，輕手輕腳的來到房門邊，想要聽清楚那是什麼聲音，還有她在笑什麼。但當我來到門邊，將耳朵小心翼翼地貼上門板時，一個不屬於徐欣，卻又像是徐欣的聲音，用著狂喜的語調，像是知道我耳朵的位置一般，清晰得彷彿中間根本沒隔一道門的說：「媽媽，我要帶徐容上去玩囉。」

我嚇得立刻打開房門，但是徐欣已經拉著徐容衝上了三樓，我聽見徐欣尖笑的聲音，以及用力將房門關上的聲響。

「放、放開徐容！放過我的女兒！」我尖叫著，並且用力拍打著徐禮的房門，「徐禮！快出來幫幫媽媽，快點！」

但當我伸向把手的時候，卻發現徐禮鎖門了，無論我怎麼喊叫，徐禮都無動於衷。

我立刻衝了上去，來到三樓，她們房間的木門緊閉，但我聽見了後頭的嬉笑聲音，我過去要開門，但還沒碰到，門就自己開了。

徐欣站在後頭，歪頭笑著對我說：「媽媽，為什麼只求放過徐容，那我呢？妳不在乎我了嗎？」

「徐欣……妳是怎麼了？乖，把徐容帶給我……我……」我朝她伸出手，而徐容站在後面，她一臉茫然，還以為我們在玩。

「徐容！玩捉迷藏囉！妳快點藏起來！」徐欣尖叫，徐容一聽，立刻跳到了床上，用棉被裹住自己，露出了臉蛋，在棉被裡頭格格笑的。

而徐欣緩緩向後退，將房門敞開，讓我進去。

「妳是什麼東西？徐欣？妳什麼時候變成……變成這樣子了？」

「不是喔，媽媽，也許，我本來就是這樣子。」徐欣捂著嘴，竊笑起來，「不然怎麼偷兩百萬給妳和沒用的老爸呢？」

「果然是妳……徐欣！妳怎麼能夠……」

「但你們還是收了啊！偉大的父母呀，你們教導著我們做人要誠實，可是當你們自己遇到利益糾葛的時候，怎麼就雙重標準了呢？」徐欣伸手摸著一旁的花瓶，忽然往下撥，花瓶應聲碎裂。

而原本在床上的徐容忽然發現好像不是在玩，嚇了一跳，臉色都變了。我想要過去保護徐容，至少要把她帶離這裡，可是就在我往床的方向跑去時，徐欣居然把玻璃杯朝我這丟來，碎裂的玻璃刺傷了我的腳，在地板踩出了血。

「徐欣！妳在做什麼？」

「我知道妳想殺了我！媽媽！」徐欣猙獰，「一樣都是妳的孩子，怎麼妳從來不會懷疑徐容或徐禮！而是懷疑我？」

「我、我沒有！是妳做了讓人懷疑的事情，妳傷害了方儀，妳殺掉了小白，妳還把動物屍體藏在衣櫃跟土堆！」

「那只是好玩啊！」徐欣大喊，「我從沒對我的家人做過什麼啊！但是妳卻打了我，妳卻傷害了我，妳想殺了我！」

我根本說不出話來，只能盤算著要如何在徐欣不注意的情況下，趕緊把徐容帶走，徐欣再怎麼兇悍，也只是國小二年級的學生，在力氣上我可以的！

所以我立刻跑向徐容，期間腳劃過地板上無數的玻璃碎片，在這瞬間我驚訝地發現，什麼時候房間地板有這麼多碎片了？

然後徐欣為什麼蹲坐在那邊？但是下一秒，徐欣又變成了站著對我咆哮的模樣，好可怕，就像鬼一般。

「我不准妳這麼做！」徐欣朝我飛撲而來，將我撞往一旁，櫃子被撞得左右搖晃，發出巨大聲響，而我的背則痛得吃緊。

「我要妳愛我！我要妳不管我是什麼樣子都會愛我！」徐欣不知哪來的力氣，每一拳都打得我痛到幾乎要暈眩，在這時候我發現，她要殺了我。

因為她知道我要殺了她，所以她要先下手為強嗎？

早知道那時候我就不該心軟，我早就該先發制人才對。

我們明明是母女，為什麼要置對方於死地？

所以我用盡力氣反抗，將徐欣整個人摔了出去，不讓她有爬起來的機會，馬上跳到她身上捏緊她的脖子，她臉頰脹紅，伸手抓著我的手腕和手臂，但是她太小了，她沒有辦法反抗身為大人的我的全身重量。

「咳咳——」她困難地掙扎，但越來越微弱，雙眼不斷往上翻。

「就快了，就快死了，徐容不要擔心，媽媽在這，媽媽保護妳。」

「不要！妳們在做什麼！」徐容尖叫。

「媽媽在保護妳！徐欣是鬼！」

「不！妳們都是鬼！」

這一聲，讓我頓時愣了下，發現自己的雙手正掐著我曾懷胎十月的女兒，那瘦小的脖子一折就斷，但自己卻遲疑了。

就在這短短一瞬間的遲疑，讓徐欣抓到了機會，她跳了起來，將我整個人往後推，一路推到了窗戶邊。

「哈哈哈哈——我贏了！」

就在我往後墜落的時候，我聽見了車子駛進院子的聲音，徐懿提早回來了嗎？

糟了，我等等摔下去會經過二樓，要是讓徐禮瞧見了這畫面，對他會是多大的心理陰影啊？

還有徐容，天啊，她還在那，等一下徐欣會怎麼對她？

但是奇怪的是，當我的視線即將要離開三樓窗戶的水平時，我彷彿看見了另一個徐欣打開了房門，進到屋內。

＊

李欣容的故事到這裡就結束了。

不，其實後面還有一段，是她死亡後來到這裡的筆記。

但是那是白門之後的事情，包含白門之後的人。

猶豫再三，陸天遙決定把李欣容在那白門後所見的人事物全數刪除，畢竟看故事的人不需要知道白門後的世界，那是連他都被禁止的地方，也是所有人好奇與窺探的地方。

現在還不是時候。

他思考了一下，覺得李欣容的自白該放到最後一章節，這樣才會使故事更有可看性。

然後，他抬頭看了一下白門原本的位置，但白門已經不在。

「反正，總有一天會知道的。」

語畢，將李欣容的故事與徐家四人的故事結合，成為了一本精美的精裝書。

接著燙金的字體浮現在暗紅色的牛皮上，寫著——《消失的那一天》。

尾聲

「請問你是這裡的負責人吧？」

陸天遙停下手上整理書籍的動作，點點頭，然後看著來者的手中拿著的書，是《消失的那一天》。

「這本書我看完了，但我有些疑問。」來者問，「那棟屋子，到底有沒有鬧鬼？」

「你覺得呢？」

「在每個人的角度看起來，有問題的都不是自己，我最一開始以為徐欣看見鬼了，但後來卻覺得徐欣有問題，可是看到徐懿的懷疑後，也對李欣容產生了疑問，一直到最後徐容即便說了自己看見的，我卻覺得自己還是看不到真相。」

「李欣容的角度不是說了真相嗎？」陸天遙好奇。

「老實說我不太信呢。」來者說，「只有她的角度是第一人稱，第一人稱代表了主觀，把她所認為、所相信的事情強行塞給讀者，那不一定是事情的真相，只是她所認為的真相。況且有一些與徐欣重疊的地方，兩方講述的卻有些微差異，況且在徐懿和徐容的自白之中，有提到師姐和一位阿姨，可是李欣容的角度完全沒提起，這實在很難令人信服。」

陸天遙有趣地看著來者，「那你覺得裡面，是誰造就了這家的不幸呢？」

「一家人似乎都認為是自己的錯。徐禮認為不該偷錢，徐欣認為不該把貓撿回家，徐容認為不該對李欣容說謊，徐懿認為自己不該收下那兩百萬，而李欣容則認為自己該更早採取行動。」來者頓了頓，「但就我看來，那些都只是雞毛蒜皮的事情，只是當這些東西結合在一起，造就一次次巧合，才促成了這樣的悲劇。」

「那誰最幸福呢？」陸天遙又問。

「大概是徐禮吧，他與愛人終老又有了一個平靜的地方，重點是他什麼也不知道，不知道自己能如此愜意，拿的是全家人的遺產，沈百蟬幫他打點得很好。」

「而他也不知道真相。」陸天遙說完這句話後，來者恍然大悟，「故事本身沒有答案，亦沒有真相。它，就只是一本小說罷了，全憑觀賞的人如何思考，如何想像，如何詮釋，最後根據觀賞者的價值觀，成為了不一樣的反思。」

「是呀，無論是陰間、人界、天界，本來就沒有一定的真相，全憑自己所見，相信自己所見即可。」來者似乎相當滿意，「那我要還這本書，你有推薦其他的嗎？」

「如果你喜歡這類型的話，最左邊那排的，都是相似的故事喔。」陸天遙爽朗地微笑，「都是一些妻離子散的悲慘家族。」

「啊，我最喜歡這種了，故事就是要這樣，才好看啊！」來者滿意地說，正朝左邊方向走去時，忽然停了下來，好奇轉過頭，「這裡，也有你的故事吧？」

陸天遙不語，只是微笑。

「那大概是夢幻逸品？真希望我有一天可以看到。」來者說著，飄蕩到了左邊書櫃。

陸天遙瞇起眼睛，在這偌大的圖書館之中，此刻不只有他，可是，他眼睛所見的來者，都是朦朧一片，他甚至看不清楚他們的身形，像是一團霧氣一般。

這棟圖書館，位於一個模糊地帶，所有人都能夠來這借書，然而這裡的小說並不是杜撰，全來自人間的真實故事。

當你因故事之中的主角遭遇的事情而緊張時，別忘了，那都是真實發生在人間的事情，在這社會之中的某個角落，在每天與你擦肩而過的某些人，他們身邊所發生的事情，或許也會因為夠悲慘壯烈，而在死後來到這裡，為另一個世界留下膾炙人口的故事。

叩叩——

白門又倏地出現，門後傳來了輕輕的敲門聲音，陸天遙確定沒有其他人注意到這，才緩緩靠近了些。

「這裡，也有你的故事吧？」那邊的人學著方才來者的語氣。

陸天遙並沒有回答，而門後的人的笑聲既諷刺，卻又帶著淒楚。

「我們的故事，又是放在哪裡？」

——全文完——

後記——

你心中的天堂

大家好，我是尾巴，很高興可以在這邊與大家見面，先謝謝購買這本書的你對我的支持。

《陸天遙事件簿》其實是我很久以前就想寫的故事，但一直沒有時間寫，放著放著，就放到了現在。

有時候寫故事是很神奇的事情，你有了一個想法，有了一個雛形，甚至連角色的名字都出來了，也動筆寫了前面一些些，但是忽然覺得感覺不對了，便停筆。

然後很久以後，有一天你又想到了，覺得現在的自己好像可以寫了，可是卻覺得以前動筆的地方都太生澀，加上故事也失去了感覺。

於是，明明是以前想出的名字，卻給了他新的生命，也賦予了截然不同的故事。然而這些卻是從以前所寫的故事得到的靈感，感謝過去的自己，曾經動筆寫下不超過一千字的前言，讓現在的我，有了新的靈感，完成了這一本。

我想看完這故事後，應該會有很多人來問我，到底「真相」是什麼，然後熟悉我的小尾巴們應該都知道，在尾聲，陸天遙所說的那幾句話，就是你們所認為的「真相」了。

其實在撰寫的過程中，我也曾和陸天遙一樣想過順序的問題，但最後也如你們所見，看到最後，你們所見的，也只是偌大的圖書館中，一本本人世間的故事，所有悲歡離合、貪嗔痴慢疑，都化為薄薄的白紙黑字，化作別人眼中「精采的故事」。

人生在世，與他人的緣分，在死亡的那刻便已切開，無論多少未了的心願，都得獨自一人走到另一個最適合自己的地方，這是在《陸天遙事件簿》的世界觀設定。

對於徐家人，到底有問題的是誰？還是最後，他們每個人都有問題呢？是因為某人的行為成為契機，還是每一件事本就環環相扣，沒有所謂的契機呢？

關於與大娃娃跳舞的這事件，是我真實經歷改編，在我小時候也曾經擁有過一個大娃娃，我曾經夢見站在房門外聽見她在唱歌，從虛掩的門縫看見她在床上跳舞，但夢裡的我只是看著。

醒來後，我跑去大娃娃身邊說，「我知道妳會動，妳不用假裝了，妳可以起來跟我玩，我不會告訴別人妳會動。」

想當然大娃娃當然不會動啦，我好後悔當時在夢裡沒有衝進去房間和大娃娃一起跳舞，這也成為我小時候的另類遺憾之一。所以當之後看了《玩具總動員》，天知道我有多驚訝，每個人都有玩具會動的夢想過吧！

另外也有個插曲，在撰寫故事途中，某晚和小姪女（五歲）一起吃飯時，她自顧自地說起了莫名的故事，內容大概是有一個人不知道把什麼東西看成氣球，所以被門壓死了，以及有一臺車子過去，有一個人在下面被壓死了。

我當時問她說：「妳在講什麼？這是哪裡聽來的？」

「這是我自己編的。」

「哇，妳在講怪話耶。」我頓了下，「我剛好在寫個五歲小女孩講怪話的故事，妳多講一點。」

然後她就不好意思的微笑，不再講這個故事了。

小孩子所說的話，有時候天真又有點毛骨悚然。不過放心，我的小姪女沒事，因為她在講的時候就跟在講《桃太郎》的故事一樣，表情、語調都很正常，請放心。

最後，為了不暴雷，所以此篇後記是讓即便沒看完全文就先跑來看後記的人，也看不懂的方式來寫。

有沒有很貼心XD

能寫出這個故事對我來說，是一件非常高興也特別的經驗，雖然不是第一次嘗試多個角度去看待同一件事情的寫法，但就故事內容，以及最後的「真相」，都是我第一次嘗試。

我喜歡在不同的人抵達圖書館前，所看見的那些景象，那是他們心中天堂，又或是最熟悉，最有安全感的地方。當然，有時候也可能是夢魘。

但之所以會是夢魘，是因為那地方曾經是個天堂。

希望你們會喜歡這次的故事，那當然白門之後的景象為何，又是誰一直在與陸天遙對話，還有最後那句話是什麼意思，想必聰明的大家一定都知道了，未來有一天，都會解答。

那我們就下一本再見，謝謝你們。

國家圖書館出版品預行編目資料

陸天遙事件簿①：消失的那一天 / 尾巴 著 .--初版 .-- 臺北市：平裝本．2019.05 面；公分（平裝本叢書；第 482 種）（＃小說）

ISBN 978-986-96903-6-2（平裝）

857.7 108004989

平裝本叢書第 482 種
＃小說 02

陸天遙事件簿

① 消失的那一天

作　者—尾巴
發行人—平雲
出版發行—平裝本出版有限公司
台北市敦化北路 120 巷 50 號
電話◎ 02-27168888
郵撥帳號◎ 18999606 號
皇冠出版社（香港）有限公司
香港上環文咸東街 50 號寶恒商業中心
23 樓 2301-3 室
電話◎ 2529-1778　傳真◎ 2527-0904
總編輯—龔橞甄
責任編輯—林郁軒
美術設計—王瓊瑤
著作完成日期— 2019 年 1 月
初版一刷日期— 2019 年 5 月

法律顧問—王惠光律師

讀者服務傳真專線◎ 02-27150507
電腦編號◎ 571002
ISBN ◎ 978-986-96903-6-2
Printed in Taiwan
本書定價◎新台幣 260 元 / 港幣 87 元